중학생이 보는
파한집

연세대 추천도서

이인로 지음 | **구인환**(서울대 명예교수) 엮음
성낙수(한국교원대 교수)·**오은주**(서울여고 교사)·**김선화**(홍천여고 교사) 엮음

좋은 책 좋은 독자를 만드는 —
㈜신원문화사

더 이상 언급할 필요도 없지만 요즘은 독서의 중요성이 더욱 강조되는 시대입니다. 첨단과학으로 이루어진 대중매체 덕분에 눈으로 읽는 것보다는 말초신경을 자극하는 동영상 쪽으로 관심이 모아지는데 대한 우려 때문일 것입니다. 꿈과 희망을 가지고 자라나는 학생들에게는 올바른 사고력과 분별력을 키워 주어야 합니다. 그런 점에서다른 사람들의 생각과 철학, 인생관과 세계관이 들어 있는 명작들을많이 읽는 것이야말로 바람직한 학습 효과를 거둘 수 있는 지름길이라 생각합니다.

명작은 오랜 세월에 걸쳐 많은 사람들이 읽고 크게 감동을 받은 인정된 작품들로서, 청소년들의 삶에 지침이 되어 주고 인생관에 변화를 주게 될 것입니다.

이번에 중학생들에게 꼭 읽히고 싶은 명작들을 선정하여, 작품을바르게 감상하고 독후감을 쓰는 데 도움을 주고자 이 시리즈를 기획하게 되었습니다. 작품들은 동서고금에 걸쳐 객관적으로 인정받은,훌륭한 대상만을 선정하였습니다. 그리고 책의 구성을 다음과 같이하여, 읽고 쓰는 데 도움이 되도록 하였습니다.

하나, 삶에 대한 지혜와 용기를 주고 중학생이라면 꼭 읽어야 할 명작만을 골랐습니다.

둘, 명작을 읽고 난 후의 솔직한 느낌을 논리적 · 체계적으로 쓸 수 있도록 중학생들의 독후감 작성에 따르는 부담을 덜어 주도록 구성하였습니다.

셋, 작품 알고 들어가기, 내용 훑어보기, 작품 분석하기, 등장인물 알기를 통해 작품을 분석하는 힘을 기를 수 있도록 하였습니다.

넷, 작가 들여다보기, 시대와 연관 짓기, 작품 토론하기 등을 통해 작가의 일생을 알고 시대의 흐름을 파악하여 상상력과 창의력을 키워 주도록 하였습니다.

다섯, 독후감 예시하기와 독후감 제대로 쓰기에서는 책을 읽는 방법과 독후감 모범답안 실례를 제시함으로써 문장력을 길러 주는 한편 독후감 쓰기의 충실한 길라잡이가 되도록 했습니다.

아무쪼록 이 책들이 중학생들의 학습 능력 향상에 큰 도움이 되길 빌어 마지 않습니다.

엮은이 성 낙 수

차 례
. . . .

작품 알고 들어가기 ●●●●●●●●●●●●

《파한집(破閑集)》, 그리고 '이인로(李仁老)'라는 이름이 여러분에게 낯설 수도 있겠다는 생각이 듭니다. 이인로는 고려 중기의 문인이며,《파한집》은 그가 쓴 시화집(詩話集)을 아들인 이세황이 간행한 것입니다. 이인로가 생전에 완성하였는데, 간행되지 못하다가 죽은 지 40년이 지난 1260년, 아들 세황(世黃)에 의해 목판본으로 간행되었습니다.《파한집》을 간행한 이인로의 아들 세황(世黃)이 쓴,《파한집》의 발문에는 "우리나라의 명유(名儒)와 운승(韻僧)들이 시를 잘 지어 이미 중국에까지 이름을 떨쳤으나 그것을 기록해두지 않으면 후세에게 전하지 못할까 염려하여 본받을 만한 것을 가려 엮어 정리한 것"이라고 했습니다.

여기서《파한집》을 시화집(詩畵集)으로 오해하지 않으셨으면 합니다.《파한집》은 시와 그림이 들어 있는 시화집(詩畵集)이 아니라, 시에 대한 비평이나 잡다한 이야기들을 기록한 시화집(詩話集)이라는 사실을 꼭 짚고 넘어갔으면 좋겠습니다. 아무래도 우리가 일반적으로 쓰는 '시화'라는 말은 '시화(詩話)'이기보다는 '시화(詩畵)'에 가깝기 때문입니다.

어찌 되었든 《파한집》은 고려시대에 만들어진 시화집이며, 한글이 없었던 시기였기에 당연히 한문으로 쓰였습니다. 사실, 한문으로 된 문학까지도 우리나라 문학의 범주에 넣어야 하는가 하는 문제는 논란이 되고 있습니다. 하지만 그 당시의 동아시아는 한자 문화권 안에 들어 있었고, 한자는 공용 문자와도 같은 것이었다는 점, 그리고 한문 문학이 우리나라 문학의 역사를 파악하는 데 중요한 위치를 차지하고 있다는 점 등을 고려했을 때 한문 문학을 우리 문학에서 배제할수는 없습니다. 과거제도에서 한문학 소양을 평가하기 시작하면서, 고려시대는 전에 없던 한문학의 융성기를 맞이하게 됩니다.

《파한집》은 한문학이 본격적으로 융성하던 고려시대의 여러 한문학 작품 중에서도 최초의 비평 문학이라는 점에서 주목을 받고 있습니다. 한편으로는 문학 비평과 관련한 내용뿐만 아니라 당대의 일화나 풍속, 갖가지 풍물과 잡다한 이야기들이 담겨 있어, 당시 사회를 연구하는 중요한 자료가 되기도 합니다. 지금부터, 고려시대 최초의 시화집,《파한집》에 대해 알아보도록 합시다.

파한집

진양(晋陽)¹은 옛 제도(帝都)로서 강산의 승경(勝景)은 영남의 제일이었다. 어떤 사람이 그곳의 그림을 상국(相國) 이지저(李之氐)에게 바쳤더니, 이것을 벽에 붙여 두고 보았다. 군부참모(軍府參謀) 형양(榮陽) 정여령(鄭與齡)이 가서 뵈오니 상국이 가리키며, '이 그림은 군의 상재향(桑梓鄉)²이니 한 구가 있어야지' 하였다. 붓을 들어 곧 쓰기를,

두어 점 푸른 산이 푸른 호수를 베었는데,
공은 이를 그림이라 하네.
물가에 초옥이 그 얼마인고,
그 속에 내 집이 있는지 없는지.

하였다. 자리에 있던 사람들이 모두 그의 정민함에 탄복하였다.

---

1 지금의 경상남도 진양.
2 《시경》에 '維桑維梓必恭敬止'라고 했으니, 이것은 고향의 뽕나무도 공경한다는 말임.

혜홍(惠洪)의《냉재야화(冷齋夜話)》를 읽으니 십중 칠팔이 모두 그의 작품이었는데, 맑고 아름답고 속진(俗塵)을 떠난 상(想)이 있으므로 본집(本集)을 보지 못함을 한하였더니, 근자에《균계집(筠溪集)》을 보여 주는 자가 있는데 대개 증답(贈答)한 것이 많았다. 이것을 완미하여 보니, 모두 전의 시만 못하였다. 혜홍이 비록 기재이나 또한 와주(瓦注)[3]를 면치 못하였다. 옛글에 '낮을 보는 것이 이름을 듣기만 같지 못하다' 한 것이 참이로다. 인하여 반대림(潘大臨)이 사임천(謝臨川)[4]에게 부친 시 한 구절을 보충한다.

그 시는 이러하다.

성중(城中)에 가득한 풍우 중양(重陽)이 가까웠는데,
서리진 잎은 어지러이 날고 국화는 반쯤 누르도다.
속분(俗雰)[5]이 와서 시흥(詩興)을 패하게 하니,
다만 한 구로서 추광(秋光)을 부치노라.

문방사보(文房四寶)[6]는 모두 유자(儒者)에게 소용되는 것이나 그중에도 먹을 만들기가 가장 어렵다. 그러나 경사(京師)에는 만보(萬寶)

---

3 소자첨의《평안서》에 '어제 장안사문이 안공의 다른 글씨보다 더 기특할 뿐 아니라, 손 가는 대로 자연스럽게 써서 동중에도 자태가 있어 와주가 황금보다 낫다는 것을 알겠으니 안공도 이를 면치 못했다' 했다. 즉, 여기서는 아무렇게나 쓴 것이 잘 쓰려고 한 것보다 낫다는 말.

4 송나라 시인. 이름은 일(逸), 자는 무일(無逸).

5 반대림이 사무일에게 부친 편지에 '작일(昨日)에 만성풍우근중양(滿城風雨近重陽)이란 한 구를 얻어 다음 구를 생각하던 차에 마침 세리(稅吏)가 와서 독촉하기 때문에 그만 패흥(敗興)이 되어 계속하지 못했다' 했는데, 이인로가 '偶有俗雰來敗意'라고 한 것은 세리가 와서 패흥하게 한 것을 두고 한 말.

6 붓·먹·종이·벼루를 말함.

가 모이는 곳이어서 이를 얻기가 쉽다. 그러므로 사람들이 모두 귀히 여기지 않는다.

　내가 맹성(孟城)에 출수(出守)하였을 적에 도독부(都督府)의 명령을 받들어 어묵(御墨) 5천 정(挺)을 조공함에 있어 늦어도 봄까지는 바치게 되었으므로 급히 공암부(孔巖府)에 가서 백성을 시켜 송연(松烟) 백곡(白斛)을 채취하고 양공(良工)을 모아 직접 역사를 감독하여 두 달 만에 필역하였는데, 대개 얼굴과 옷이 모두 연매(烟煤)의 빛이 있으므로 다른 곳에서 힘들여 몸을 씻고 나서 환성하였다.

　이후로 먹을 보면 한 치라도 천금과 같이 중하게 생각하여 소홀히 여기지 못하였다. 인하여 세상 사람이 쓰고 있는 섬등(剡藤)·단죽(箽竹)과 촉금(蜀錦)·오릉(五綾) 같은 것이 모두 이와 같은 것이라 생각하였다. 옛 사람이 말하기를,

　"〈민농시(憫農詩)〉에, '누가 소반 위의 밥이 알알이 모두 신고(辛苦)한 것인 줄 알꼬'라 한 것은 진실로 인자의 말이다."

하였다. 내가 처음 맹성에 원으로 있게 되어 한 절구(絶句)를 짓되,

　치천(稚川)이 백운 가에서 인끈〔印綬〕을 허리에 차고,
　손으로 단사(丹砂)를 채취하여 신선을 배우고자 하도다.
　글씨 쓰던 경사(驚蛇)[1] 여습(餘習) 있음을 스스로 웃으니,
　좌부(左符)[2]를 차고도 오히려 벽송연(碧松烟)을 관장(管掌)하네.

---

1 경사입초(驚蛇入草)라는 말이 있는데, 이는 필력이 생동력이 있는 것에 비유한 것임.
2 병부. 고을 원으로 갈 때 내리는 것.

하였다. 계림 사람 김생(金生)은 글씨를 쓰는 것이 신과 같았는데 초
서도 아니고 행서도 아니면서 57종 제가(諸家)의 체세(體勢)에 훨씬
뛰어났다.

　본조 화엄대사 경혁(景赫)과 추부(樞府)[3] 김입지(金立之)[4]는 초서로
서 이름을 독차지하였으나, 중익(仲翼) 주월(周越)[5]의 속기(俗氣)를 면
치 못하였다. 의왕(毅王) 말년에 대금(大金)의 사신 개익(蓋益)은 필세
(筆勢)가 기일하여 청하(淸河) 최당(崔讜)[6]이 이를 구득하여 항상 벽에
걸어 두고 완상하였는데, 어떤 사람이 빌려 보겠다고 가서 그 진적(眞
迹)은 감춰 두고 영사하여 돌려주었다.

　학사(學士)가 동파(東坡) 시의,

　땅을 그어 떡을 그린 것이 반드시 같지 아니하나,
　치아(癡兒)로 하여금 참수(饞水)를 흘리게 하네.

를 외고는 웃으며 묻지 아니하였다. 내가 듣고 희롱하여 절구를 지었다.

　자운(子雲)의 봄 지렁이가 부질없이 줄을 이루고,
　취소(醉素)[7]의 놀란 뱀이 아득히 가 버렸도다.

파
한
집

---

3 추밀원. 고려 때의 관청.
4 신라 헌덕왕 17년, 즉 815년 당나라에 들어가 김윤부 등 12인과 함께 국자감에서 배웠음.
5 남북조 시대에 글씨 쓰는 일을 업으로 삼는 사람 중 한 명.
6 고려 평장사 유청의 아들.
7 취한 회소. 회소는 당나라 고승으로, 술을 좋아하고 초서를 잘 썼음.

꿈을 깨매 누가 사슴을 얻었는지,

분기(分岐)가 많으며 헛되이 마침내 양을 잃음을 탄식하도다.

항양(恒陽) 자진(子眞)이 관동(關東)에 원이 되었을 때 부인 민씨는
사납고 투기함이 비할 데 없었다. 마침 계집종이 자못 자색이 좋으므
로 부인이 가까이 못 하게 하니 자진이 말하되, '이것은 심히 쉬운 일
이다' 하고 이에 고을 사람에게 소와 바꾸었다. 내가 이 이야기를 듣
고 희롱하여 한 절구를 이루니,

호상(湖上)에 꾀꼬리가 날아 아득히 돌아오지 아니하니,

강 언덕엔 강고패(江皐佩)¹가,

냉락(冷落)해서 찾고자 하나 어렵도다.

동산 복숭아꽃과 길거리 버드나무는,

이제 어디에 있느뇨.

다만 외양간에 검은 목단이 있을 뿐이로다.

하였다. 그러나 길이 막혀 편지를 부치지 못하였다. 그 후 20여 년 만
에 자진은 새로이 홍도정리(紅桃井里)에 집을 세내어 살면서 나와 담
을 연하고 거리를 접하게 되어 아침저녁으로 상종하였더니 나의 시
고(詩藁)를 보자고 청하거늘 한 통을 내어 보이니 이것을 반쯤 읽었

---

1 정교보가 한수(漢水) 가에서 두 여인을 만났는데, 두 여자가 패주(佩珠)를 끌려 주었음. 수십 보를 가다 보니 패주도 두
  여인도 간 데가 없더라는 고사.

을 때 시제가 있어 이르기를,

"우인(友人)이 군군(郡君)[2]의 핍박한 바가 되어 첩으로서 소와 바꾸었다."

하였다. 자진이 놀라 서서히 가로되,

"이는 누구뇨?"

하였다. 내가 웃으며 말하기를,

"이것은 바로 공을 두고 말한 것이다."

하였더니 자진이 말하기를,

"이런 일이 있었으나 내간(內間)의 한때 희롱이었을 뿐이다. 비웃어 평하지 않는 것이 옳기는 하겠지만 이와 같이 아니한다면 무엇으로써 선생의 만고의 시명을 돕겠느뇨."

하였다. 민씨가 자진보다 먼저 죽어서 홀아비로 살기를 8년이나 하였으나 오히려 여색을 가까이 하지 아니하였으니 독행군자(篤行君子)라고 할 만하다.

장원(壯元) 황빈연(黃彬然)이 중추(中秋)에 옥당에서 숙직할 때 높은 하늘엔 구름이 없고 달빛은 대낮과 같은지라 시를 지어 동국(同局) 오세문(吳世文)[3]에게 보였다. 그 시에 이르되,

계추와 맹추의 중간 달이요,

---

2 부인의 봉호로서, 당나라 제도에 사품의 처를 군군이라고 함.
3 고려 명종 때의 한림학사.

덥고 서늘함이 한결같은 철이로다.

봄밤은 어찌하여 고요하고,

가을 저녁은 유난히도 시끄러운고.

달빛은 응당 같은 것인데,

사람의 마음이 그렇게 하는 것이네.

그대는 이 일을 결단할 수 있을 것이니,

경치는 과연 어느 것이 나은고.

하였다. 이것을 완미하여 보니 깊이 이취(理趣)가 있으나 화답한 글이 있음을 보지 못하였으므로 이제 그 의사를 가지고 이에 답한다.

달은 한 해에 열두 번 둥근데,

무슨 일로 중추가 되면,

하늘에 흐르는 빛이 별다른고.

금풍(金風)은 구름을 거두고,

옥로(玉露)는 씻어서 곱게 하도다.

짐짓 봄밤과 다르니,

시에 의지하여 자세히 전하노라.

단주(湍州) 북쪽에 있는 앙암사(仰岩寺)는 황도(皇都)에서 그 거리가 멀지 않은데 산수가 기이하여 그윽한 경치가 있다. 내가 농서(隴西) 담지(湛之)¹와 함께 일찍이 여기에서 독서하였는데 매양 해가 저

16

물 때 난간에 의지하여 바라보면 고기 잡는 불빛이 가물거리고, 구름이 잠기고 연기가 엉겼는데 초가가 연접하여 마치 무릉도원과 같았다. 돌아오려 할 때 주인 되는 장로(長老)가 옷자락을 붙들고 글을 한 수 써 주기를 간청하므로 이로 인하여 벽에다 쓰기를,

앞에는 창파를 두르고 뒤에는 푸른 바위가 솟았는데,
우수수한 갈대에 송삼(松杉)이 반이로다.
사공(謝公)²의 노는 흥취는 다만 한 쌍의 나막신이 있고,
장한(張翰)³의 돌아가려 하는 마음은 한 돛에 가득 찼도다.
다만 후산〔緱山〕⁴의 흰 학을,
채찍질하도록 요구할 것이며,
모름지기 분포(汾浦)⁵에서,
푸른 소매를 적시지 말 것이다.
십주(十洲)⁶ 삼도(三島)⁷를 두루 놀아서,
스스로 표현하게 환골(換骨)⁸됨이 부끄럽도다.

---

1 이담지. 고려 명종 때의 이름난 유학자로서 강좌칠현(江左七賢) 중 한 사람.
2 진(晉)나라 사령운을 말함. 등산을 좋아했는데, 나막신을 신고 산에 올라갈 때는 나막신의 앞니를 빼고 내려올 때는 뒷니를 뺐다고 함.
3 진(晉)나라 강동 사람으로, 중원에 와서 벼슬을 하다가, 세상이 장차 요란할 것을 알고 추풍이 일어나자 오나라의 고채·박갱·노증을 그리워하여 벼슬을 그만두고 돌아감.
4 후씨산. 지금 중국 하남 언사현 남쪽에 있음. 전하기를 '왕자진이 7월 7일에 백학을 타고 산 위에 와서 손을 들어 시인에게 고별하고 가 버렸다'고 함.
5 분수. 일명 용개하, 심양강이라고도 함. 백낙천이 심양강에 귀양가서 지은 〈비파행〉에 '座中泣下誰最多 江州司馬青衫濕'이라고 했음.
6 신선이 거처하는 곳. 팔방거해(八方巨海) 속에 있음.
7 삼신산을 말함. 방장산·영주산·봉래산.
8 《사원》에 '도가에서 이르기를, 선도를 배우는 자는 반드시 금단을 복용하여 범골에서 선골로 된다는 것'이라고 했음.

하였다. 그 뒤 20년 만에 자진이 남방에 안찰(按察)할 적에 행로에 고달파서 이 절에서 쉬었는데 그 시를 쓴 벽이 반쯤 무너져서 먼지에 덮이고 이끼가 끼어 거의 글자를 읽을 수가 없게 되었는지라 방인(傍人)에게 이르기를, '사롱(紗籠)¹으로써 이것을 보호하지는 않았을망정 흙칠을 하지 않은 것은 다행이다' 하고는 곧 시판(詩板)을 만들고 친히 발문을 써서 삼강(三剛)²에게 부탁하여 잃어버리지 않도록 하였다.

정월 보름밤에 어좌(御座) 앞에 붉은 집으로 만든 등롱(燈籠)을 배설하고, 한림원에 명령하여 등롱시(燈籠詩)를 지어 바치게 하고 공인(工人)으로 하여금 글자를 금박으로 잘라 붙이게 하니 모두 원소(元宵)의 경치를 읊었다. 명종 때에 내가 옥당(玉堂)에 입시(入侍)하여 곧 시를 지어 바치니 그 시에 이르되,

바람이 가늘어 금신(金燼)을 떨어지지 않게 하고,
시간이 오래되어 옥충(玉蟲)³이 생기는 것을 보겠도다.
모름지기 일편단심이 있음을 알겠으니,
중동(重瞳)의 일월 같은 밝음을 돕고자 하노라.

하였다. 임금께서 대단히 칭상(稱賞)을 하더니 이후에 모두 등을 시로 읊게 된 것이 나로부터 시작하였다.

---

1 당나라 왕파가 곤궁할 때에 절밥을 얻어먹었더니 후일에 절도사가 되어 그 절에 다시 놀러가 본즉 전일에 시를 쓴 자리에 벽사롱을 가려 두었다고 함.
2 사찰을 수호하는 승직.
3 촛불의 심지를 형용한 말.

옛날 인종 초년[4]에 평장사(平章事) 허홍재(許洪才)[5]가 금방(金榜)[6]의 장원으로서 옥당에 입시하였고, 의종이 즉위하였을 때[7] 유희(劉羲)와 황빈연(黃彬然)이 서로 이어 입시하였다. 명종 때에는 이순우(李純祐)[8]가 먼저 이름이 났고, 나는 재주가 없었지만 그 뒤를 이었다. 근자에 김군수(金君綏)가 또한 나를 따라 입시하였으므로 내가 절구 한 수로써 축하하였다.

10년 동안 붓을 잡고 제왕의 조칙을 썼더니,
그대들이 이에 옥당 봄에 들어옴을 기리도다.
지금 같아서는 비로소 화박(花礴)[9]의 귀함을 알겠으니,
모두가 이 용문(龍門)에 장원한 인물이로다.

추부(樞府) 김입지(金立之)는 문장 이외에 그림을 더욱 잘 그렸다. 일찍이 소상강(瀟湘江) 언덕의 두 그루 대를 그려서 대종백(大宗伯) 최상국(崔相國)에게 바치니, 상국이 절구 한 수를 지어 사례하였다. 그 시에 이르기를,

---

4 1123년.
5 고려 의종 때에 벼슬이 문하시랑동평장사에 이름. 정중부의 난에 죽었음.
6 과거에 합격한 자의 이름을 발표하는 방.
7 1147년임.
8 자는 발지. 어려서부터 글을 잘 지어 의종조에 장원했고 벼슬이 국자대사성에 이름.
9 꽃무늬로 된 벽돌. 여기서는 옥당을 가리킴.

선제께서 당시에 그대 그림을 활죽(活竹)이라 칭하매,
몇 번이나 서로 생각하여 부질없이 정을 머금었던고.
두 그루가 갑자기 서헌(西軒)을 향하여 섰으니,
다만 근주(根株)가 땅에서 발생하지나 않을까 저허하도다.

하였다. 장원 김군수는 곧 그 아들이었는데 그 가법을 얻어 심히 묘하였다. 내가 지난날에 군수와 함께 찰원(察院)에 있을 때 원중(院中)에 흰 병풍 한 장이 있었는데 제공(諸公)이 군수에게 청하여 한 가지를 그리게 하고 발문을 쓰게 하였다.

설당(雪堂) 거사(居士)가 시로서 떨쳤는데,
먹으로 희롱하는 풍류가 또한 사생을 잘하였네.
멀리 생각하니 강남의 문소소(文笑笑)¹가,
응당 일파를 나누어 팽성(彭城)에 부쳤으리.

벽라노인(碧羅老人)²이 일찍이 수거사(睡居士)가 그린 묵죽(墨竹)의 작은 병풍을 나에게 보냈는데 백낙천의 시 한 구절을 뒤에다 썼으되,

좋은 풍연(風烟)을 관령(管領)하여,

---

1 문동. 소소는 그의 호. 송나라 재동인. 자는 여가. 대나무와 산수를 잘 그렸음. 문여가가 말하기를, '나의 묵죽 일파가 요사이 서주에 있다'고 했는데, 이것은 서주 팽성수로 있는 동파를 가리킴.
2 정희의 호. 고려 원종 말에 장원했음.

범상한 초목을 희롱하고 업신여기도다.

하였는데 그 필적이 더욱 기묘하였다. 내가 일찍이 이것을 배워서 종이와 깁과 병장(屛幛)을 만나면 그리고 쓰지 않음이 없었다. 스스로 생각하기를 그와 그럴 듯하게 비슷하다고 하였다. 그러므로 시를 지어 이르기를,

> 여파(餘波)가 오히려 푸른 낭간에까지 미치니,
> 스스로 전신(前身)이 아마 문소소인가 하노라.

하였다. 그러나 나는 진실로 재주가 없어 겨우 모양이 비슷한 것을 얻었을 따름이었다. 당형(堂兄) 천림당(千林堂)이 처음으로 지병(紙屛)에 그려 주기를 요구하니 내가 다만 한 가지를 그렸는데도 4폭에 걸쳤으며 잎에까지도 미치지 못하였다. 한 화사(畵史)가 이것을 보고 말하기를,

"이 가지와 마디는 보통 사람으로는 잘하지 못하는 것이요, 동산(東山)의 묵희(墨戲)의 풍골이 있다."

하고 이에 팔구엽(八九葉)을 그 사이에 그리니 문득 소연한 기세가 있었다.

옛날 반악(潘岳)이 낙광(樂廣)[3]의 뜻을 받아써서 이에 명문을 지었

---

3 진(晉)나라 사람으로, 청담가로 유명함.

고 정국(鄭國)의 사령(辭令)은 동리(東里)¹가 오히려 윤색(潤色)하였거늘, 이 대는 또 조탁(彫琢)한 나머지와 반박(盤薄)²한 기교가 서로 도와 이루어져서 물연히 노추(鑪錘)³의 한 솜씨에서 나온 것 같으니, '응신(凝神)하였다고 할 만하다' 하였다. 찬(讚)을 지은 자가 있어, '건(乾)과 곤(坤)이 한 기운이 되고 호(胡)와 월(越)이 마음을 같이 하였도다. 중묘(衆妙)의 지극함은 자취를 찾을 수 없도다' 하였다.

내가 일찍이 귀가(貴家) 벽 위에서 초서를 쓴 두 족자를 보니 연매가 끼고 집이 새어 물에 얼룩져서 형색이 자못 기고하였다. 그 시에,

홍엽(紅葉)⁴에 쓴 시가 봉성(鳳城)에서 나오니,
눈물 흔적이 먹에 섞이어 아직도 분명하도다.
어구(御溝)에서 흐르는 물이 혼연히 무뢰하여,
궁아(宮蛾)의 한 조각 심정을 누설하네.

하였다. 자리에 있는 이가 다 머리를 모아 이것을 보고 이르기를,
"당(唐)·송(宋) 때 사람이 쓴 것이라."

---

1 정국의 외교사령은 비심(裨諶)이 초창(草創)하고 세숙(世叔)이 토론하고 자우(子羽)가 수식(修飾)하고 동리자산(東里子産)이 윤색(潤色)했다는 고사.

2 《장자》에 송원군이 여러 화가를 청했는데 한 사람은 인사도 분명히 하지 않고 혼자 숙소에 가서 옷을 벗고 반박(盤薄)했음. 송원군이 사람을 시켜 엿보고는 '그 사람이 참 화가다'라고 했는데, 이것은 수식이 없는 천연의 풍치를 찬미한 것임.

3 도주(陶鑄)와 같음. 범사(範士)에 자료를 부어서 주조함이니 모두 그릇을 만든다 함이요, 나아가서 인재를 조성한다는 뜻임.

4 당관인이 홍엽에 시를 써서 어구에 흘려보냈는데, 시인 고황이 그것을 주워 보고 시를 화답해서 다시 상류에 띄워서 궁중으로 들여보냈다는 고사.

하였으나 그 증거를 얻지 못하고 나에게 물으므로 서서히 대답하기를,

"이는 내가 쓴 것이다."

하니 객이 놀라서,

"쇠잔한 비단과 헌 깁에 한구(寒具)⁵의 흔적이 남아 있어 근고(近古)의 것이 아닌 것 같다."

하였다. 나는,

"이는 나의 〈영사시(詠史詩)〉 가운데 한 편이니 내가 자작한 것이 아니면 붓을 들어 초서를 쓴 적이 없다."

하였다.

천수(天水)⁶ 역락(亦樂)⁷이 양주(梁州)⁸ 원으로 부임하려 할 때 내가 자진과 더불어 새벽에 천수사(天壽士) 문에 이르러 그를 전송하고자 하였으나, 역락이 우인을 만류한 바 되어 대낮이 되어도 도착하지 못하였다. 두 사람이 천천히 걸어 한 승사(僧舍)를 찾으니 적적하여 사람이 없었다. 내가 우연히 담묵(淡墨)으로 문짝에 쓰기를,

　객을 기다렸으나 객은 오지 아니하고,

　승을 찾았으나 승도 또한 없도다.

　다만 수풀 밖에 새가,

---

5 먹는 식물인데, 진(晋)나라 환현이 여러 손들에게 서화를 구경시켰더니 한 사람이 한구를 먹던 손으로 서화를 더럽혔음.
6 중국 조씨(趙氏)의 본관.
7 조통의 자. 벼슬이 한림학사에 이름.
8 지금의 경상남도 양산군.

관곡(款曲)하게 제호(提壺)[1]함을 권하네.

하였다. 그 뒤 20여 년 만에 자진의 집에서 한 중을 보니 도모(道貌)가 범상치 않은데 나에게 읍하며 말하기를,

"일찍이 아름다운 시편을 보여 주시었으므로 이렇게 사례를 합니다."

하였다. 내가 망연히 생각이 나지 않았는데 중이 이 시를 외며 말하기를,

"제가 이 당시 사원의 주승입니다."

하였다. 서로 더불어 크게 웃고 드디어 시집에 기재하였다.

지리산은 혹은 두류(頭流)라고도 하니 북의 백두산에서부터 일어나서 꽃봉오리 같은 봉우리와 골짜기가 그치지 않고 이어져서 대방군(帶方郡)[2]에 이르러, 수천 리를 서리고 얽혀서 산 주위를 둘러싼 것이 10여 주(州)나 되니 순월(旬月)이 걸려야 그 경계를 다 볼 수 있다. 옛 노인이 서로 전하여 이르기를, '그 사이에 청학동(靑鶴洞)이 있는데 길이 매우 좁아서 사람이 통행하되 기어서 몇 리를 가면 트인 지경을 얻게 된다. 사방이 모두 좋은 밭과 기름진 땅으로 뿌리고 심을 만하며 푸른 학이 그 가운데 깃들여 살므로 청학동이라 부르게 된 것이니 대개 옛적에 속세를 등진 사람이 살던 곳이므로 허물어진 담과 구

---

1 새 이름. 우는 소리가 '제호제호'함. 제호(提壺)는 술병을 든다는 말.
2 지금의 전라북도 남원군.

24

덩이가 아직도 가시덤불에 싸인 빈 터에 남아 있다' 하였다.

얼마 전에 내가 당형(堂兄) 최상국(崔相國)과 함께 은둔할 뜻이 있어 서로 이 골짜기를 찾을 것을 약속하여 죽롱(竹籠)에 송아지 두세 마리를 담아 가지고 그곳에 들어가서 속세와 서로 연락을 끊으려 하였다. 마침내 화엄사로부터 개화현(開花縣)에 이르러 문득 신흥사에서 잤더니 지나는 곳마다 선경 아닌 곳이 없었다. 일천 바위는 다투어 빼어나고 일만 구렁은 다투어 흐르는데 대울타리와 띳집이 복숭아꽃·살구꽃에 어른거리어 거의 인간이 사는 곳이 아니었다. 그러나 청학동이란 곳은 마침내 찾지 못하고 시를 바위에 써 두었다. 그 시는 다음과 같다.

두류산은 높고 저문 구름이 낮으니,
만학(萬壑) 천암이 회계산(會稽山)[3]과 비슷하도다.
지팡이를 짚고 청학동을 찾으려 하였으나,
수풀이 가려서 헛되이 흰 원숭이 울음소리만 듣도다.
누대(樓臺)가 표묘(縹緲)하니 삼산(三山)[4]이 멀고,
이끼가 끼어서 네 글자를 쓴 것이 아득하도다.
시험 삼아 묻노니 선원(仙源)이 이 어느 곳이뇨,
흐르는 물 위에 떨어지는 꽃잎이 사람으로 하여금 미혹하게 하도다.

---

3 중국 절강 소흥현 동남 13리에 있는 산.
4 이백의 시에, '三山半落靑天外'라고 했는데, 강소 강녕현 서남에 있는 산 이름.

25

어제 서재에서 우연히 오류 선생(五柳先生)¹ 문집을 보다가 《도화원기(桃花源記)》가 있으므로 읽어 보니, '대개 진(秦)나라 사람이 난리를 피하여 처자를 이끌어 그윽하고 현한 지경에 산이 둘러 있고 시내가 거듭 흘러 나무꾼도 이르지 못할 만한 곳을 찾아서 살았는데, 그 뒤 진(晉)나라 태원(太元) 연간에 고기 잡는 사람이 요행히 한번 이르렀으나 문득 그 길을 잊어버려 다시는 찾지를 못하였다'고 하였다. 후세에서 단청으로 그림을 그리고 노래로 이것을 전하였으므로 도원(桃源)을, '신선의 세계로서 우거(羽車)와 표륜(飇輪)으로 길이 살고 오래 볼 수 있는 사람이 있을 곳'이라 하지 않는 이가 없는데, 이것은 대개 《도원기(桃源記)》를 미숙하게 읽은 까닭이니 실로 청학동과 다른 것이 없다. 어쩌면 고상한 선비 유자기(劉子驥) 같은 사람을 얻어 한번 가서 찾아볼까.

문생(門生)이 종백(宗伯)에게 문장을 감식 받아서 청운에 현달하였으니 이는 곧 사람이 종자기(鐘子期)와 백아(伯牙)가 서로 만났다고 한 것과 다름이 없다. 이러므로 문생의 지위가 정승에 이르렀더라도 오히려 자식이나 조카의 항렬에 있음과 같아서 감히 대등의 예(禮)를 하지 못한다. 옛날 후당(後唐) 때 배호(裵皞)가 동광(同光) 연간에 세 번 지공거(知貢擧)를 하였다. 그 문생 마윤손(馬裔孫)이 과시(科試)를 관장할 적에 신방(新榜) 제생(諸生)을 거느리고 배호에게 가서 뵈었더니 한 절구를 지어 이르기를,

---

1 진(晉)나라 도연명이 스스로에게 붙인 호.

26

세 번 예위(禮闈)를 주관하고 나이 80인데,
문생의 문하에서 문생을 보네.

하였다. 본조(本朝) 광종 때에 처음으로 시부(詩賦)로서 선비를 뽑았
다. 그러나 일찍이 종백(宗伯)으로서 그의 문생이 시관이 된 것을 생
전에 본 이는 없었는데 명종 초년[2]에 이르러 학사 한언국(韓彦國)이
문생을 인솔하고 상국(相國) 최유청(崔惟淸)을 뵈었더니 또한 시를 짓
기를,

철항(綴行)[3]하여 서로 찾아오니 나는 어찌 영광스러울까.
문생의 문하생을 보는 것이 기쁘네.

하였다. 이것은 비록 배공(裵公)의 구례(舊例)에 의거하였으나 듣는
사람이 모두 성대한 모임이라고 하였다. 금상(今上)이 즉위한 지 8년[4]
에 사성(司成) 조충(趙沖)이 또한 문생을 인솔하고 상국(相國) 임유(任
濡)의 집에 나아가 사례하였는데, 공이 총재(冢宰)로서 아직 중서(中
書)에 있으니 고금에 없는 일이다. 기이하게 여겨 시를 지어 그 탁이
(卓異)함을 기(記)하였다.

---

2 1171년.

3 급제한 사람이 임금을 뵙고 줄을 지어 나오는 것.

4 1211년.

10년 동안을 황각(黃閣)[1]에서 태평을 보좌하고,

세 번 예위(禮闈)를 열어 맹주(盟主)를 차지하였네.

국사(國士)[2]는 종래에 국사로 갚는데,

문생은 이제 다시 문생을 얻었도다.

풍운이 변화하여 곤붕(鯤鵬)[3]이 치고〔鯤鵬擊〕

포갈(布葛)이 빈분(繽紛)하여 곡로(鵠鷺)가 밝도다.

금액(金液) 한 잔으로 공의 만수를 비나니,

마땅히 옥피리로 희천앵(喜遷鶯)을 부르더라.

회문시(回文詩)[4]는 제(齊)·양(梁)에서 시작되었으니 대개 문자의 한 유희일 뿐이다. 옛날 두도(竇滔)의 아내 소혜가 회문시를 지어 비단에 짜낸 뒤에 그 법이 전해져서 송삼현(宋三賢)도 또한 모두 교묘하게 지었다.

《남서집(南徐集)》 속에 실려 있는 반중체(盤中體)는 연환(連環)해서 이를 읽어 40수로 나눌 수 있는데 그 운은 합하나 혈맥이 서로 연결되지 않았다. 본조(本朝)의 학사 이지심(李知深)이 마음에 느낀 바 있어 〈쌍운회문시(雙韻回文詩)〉를 지으매 자못 교묘하였는데, 그 시는 이러하였다.

---

1 의정부의 별칭.

2 한 나라의 제일가는 선비. 진(晉)나라 예양이 이르기를 '지백이 나를 국사로 대우했으므로 내가 그에게 국사로써 갚는다'고 했음.

3 곤은 대어(大漁)요, 붕은 대조(大鳥). 곤붕격은 득세했음을 말함.

4 시가 특수한 법으로 배열되어 회환 왕복해서 읽어도 시가 되는데, 이를 회문시라고 함.

더위가 흩어져 가을이 일찍 오니,

유유히 점점 감상에 젖어지도다.

어지러운 소나무는 푸른 일산(日傘)처럼 기울어졌고,

흐르는 물은 푸른 덩굴처럼 길도다.

먼 언덕에는 흰 연기가 엉기었고,

높은 다락에는 서늘한 바람이 불어오도다.

반공(半空)에 달이 좋으니,

그윽한 방에는 밝은 빛이 비치도다.

이 시를 도독(倒讀)하면,

밝은 빛이 방에 비쳐 그윽하니,

좋은 달이 하늘 가운데 떴도다.

서늘한 바람이 높은 다락에 불고,

흰 연기는 먼 언덕에 엉기었도다.

긴 덩굴은 푸른 물이 흐르는 듯하고,

기울어진 일산처럼 푸른 소나무가 어지럽도다.

감상이 점점 유유해지니,

이른 가을에 더위가 흩어짐을 알겠도다.

내가 또한 그 체를 본받아 당시의 재상에게 바쳤다.

일찍 학문하여 벼슬하기를 구하였더니,

시 짓기가 부질없이 신고(辛苦)스럽도다.

늙은 회포는 봄 버들가지처럼 어지럽고,

쇠한 구레나룻은 새벽 서리처럼 새롭도다.

기울어진 솥에는 아침 밥 짓는 것이 끊어졌고,

굶주린 창자는 밤에 꾸르륵 소리가 잦도다.

은혜를 갚으려는 마음은 정성스러우나,

누가 이 마른 고기〔枯鱗〕[1]를 구해 주리요.

이 시를 도독하면,

물고기가 메마르니 구하는 이 누구일까,

정성스런 마음으로 은혜를 갚으려 하도다.

꾸르륵 소리 잦으니 밤에 창자는 주리었고,

밥 짓는 것이 끊어졌으니 아침 솥은 기울어졌도다.

갓 내린 서리처럼 새벽에 구레나룻이 쇠하였고,

어지러운 버들가지처럼 봄 회포는 늙어가도다.

신고(辛苦)하여 부질없이 시를 이루니,

벼슬살이하고자 학문을 일찍 하도다.

대저 회문시란 것은 순하게 읽으면 화하여 쉽고, 거꾸로 읽어도 음

---

1 고철고어(沽轍枯魚). 수레바퀴가 지나간 자리에 조금 남아 말라 가는 물속에 있는 고기를 말함. 《장자》에서 나온 고사.

운이 빽빽하고 어려운 태가 없어 말고 뜻이 함께 묘한 뒤에라야 공교
하다고 한다.

　국화에는 종류가 지극히 많아 헤아릴 수 없으나 모름지기 황색으
로서 정색(正色)을 삼을 것이다. 그러므로 옛 사람이 말하기를, '오색
가운데 특별히 귀한 색이며 1천 꽃 다 핀 뒤에 홀로 높다' 하였다. 어
제 최추부(崔樞府) 댁에 갔더니 뒤뜰에 국화가 바로 한창이어서 금빛
이 눈을 부시게 하였다.

　공이 가리켜 말하기를,

　"공을 기다려 한번 읊고자 하였으나 오늘은 이미 늦었으니 다시 다
른 날로 정하자."
하매 술을 서너 잔 마시고 나와서 우연히 말 위에서 장구(長句)를 지
었으므로 장차 바치리라 하였다. 그 시에,

　　한지(漢地)에 상서로운 따오기는 나래를 처음으로 쓰다듬고,
　　낙비(洛妃)[2]가 돌아가니 티끌이 버선에서 나도다.
　　모름지기 알아라 선격(仙格)은 늙어도 마르지 않나니,
　　싸늘한 가을바람이 꽃 속으로 스며드네.
　　남은 아름다움이 삼춘(三春)을 당겨 되돌아오게 하였으니,
　　시인은 한 가지를 꺾어 즐겨 보네.

---

2 낙수의 여신, 복비를 말하는 것으로, 조식의 〈낙신부〉에 '비선에 가는 티끌이 난다'는 말이 있음.

띄울 것은 금잔에 둥둥 후기(後期)를 기다리니,

부귀한 집엔 빙상(氷霜)이 찬 것을 두려워하지 않네.

예종은 천성이 학문을 좋아하고 유아(儒雅)한 것을 숭상하여 특히 청연각(淸宴閣)을 열어 날로 학사와 더불어 서적을 토론하였다. 일찍이 사루(莎樓)에 나아가니 앞에 모란이 한창 만발하였다. 궁중에 입시한 여러 선비에게 명하여 각촉(刻燭)[1]하고 칠언육운시를 짓게 하니 동궁의 요좌(寮佐) 안보린(安寶麟)이 제일이 되었다. 과급(科級)을 따라 은례(恩例)가 더욱 두터웠다. 당시에 강일용(康日用)[2] 선생의 시명(詩名)이 천하를 움직이매 왕이 속으로 그의 지은 것을 기다려 보려 하였더니 촛불이 다하려 할 즈음 겨우 일련(一聯)을 얻어 그 시를 쓴 종이를 소매에 넣고 어구(御溝) 속에 부복하였다. 왕이 황소문(黃小門)에게 명하여 급히 가져오게 하니 그 시에 말하기를,

머리 흰 취옹(醉翁)[3]은 전후(殿後)에서 보고,

눈 밝은 유로(儒老)[4]는 난간에 기대었도다.

하였다. 그 고사(故事)를 인용하는 정묘함이 이와 같으매 왕이 탄상(嘆賞)하기를,

---

1 단시간 내에 시를 짓게 하기 위해 초에 금을 그어서 한정하고 그 금에까지 타기 전에 짓는 것을 말함.

2 고려 예종 때의 문신.

3 송나라 구양수의 호.

4 한퇴지를 가리킴. 그의 〈목단시〉에 '今日欄邊覺眼明'이라고 했음.

"이는 옛 사람이 이른바 백두(白頭)의 여인이 화전(花鈿)⁵으로 얼굴에 가득 꾸민 것이 서시(西施)⁶의 반쪽 화장한 것만 못하다는 것이다."

하고 위유하여 보내었다. 이제 내가 채워서 전편을 만들어 본다.

한 떨기 요홍(姚紅)이 만전(萬錢)의 값이 되는데,
가벼운 그늘 마침 양화천(養花天)⁷이로다.
선녀의 화장은 연지로 물들임을 빌리지 않고,
봄 소식은 먼저 갈고(羯鼓)⁸에 의하여 전하네.
초속(楚俗)의 가절(佳節)은 백오절(百五節)⁹이 되었고,
한궁(漢宮)의 새 총애는 삼천 궁녀에 으뜸이로다.
아침에는 해가 비치어 먼저 취기가 돌았고,
밤에는 바람이 찰까 두려워하여 잠을 자지 못하네.
머리 흰 취옹은 전후에서 보고,
눈 밝은 유로는 난간에 기대었도다.
촛불이 점점 다 타 가는데 시 짓기가 더욱 괴로우니,
아름다운 한 구의 남은 것을 채택해 넣어 주네.

---

5 부인의 머리 장식품 이름.

6 중국 춘추 시대 때의 월나라 미인.

7 〈화품〉에 '모란이 피는 날에는 경운미우(輕雲微雨)가 많으니 이를 양화천이라 한다'고 했음.

8 당나라 현종이 갈고를 좋아해서 하루는 그것을 치자 꽃이 활짝 피었다고 함.

9 한식을 105라고 이르는 것은 동지 뒤로부터 청명에 이르기까지 절기 여섯을 지내므로 무릇 107일이 됨. 그리고 양일을 앞서 한식이 되므로 이와 같이 말하니, 곧 한식을 가리킨 것임.

시의 교하고 졸함은 지속(遲速)과 선후에 있지 아니하나, 창(唱)하는 자는 먼저 하고 이에 화답하는 자는 항상 뒤에 하게 되므로, 창하는 자는 우유(優遊)하고 한가하여 핍박을 받지 아니하나, 이에 화답하는 자는 억지로 끌리어 험한 데 빠짐을 면치 못한다. 이런 까닭으로 남의 운을 계속하는 것은 비록 명재(名才)라 할지라도 가끔 미치지 못하는 일이 있으니 이치가 진실로 그런 것이다.

초로(楚老)는 동파(東坡)가 눈〔雪〕을 읊은 차자(叉字)를 압운(押韻)한 시를 보고 그의 운(韻)을 잘 활용한 것을 사랑하여 먼저 한 편을 지어 이에 화답하였으나, 그 마음에 오히려 쾌하지 못하였으므로 다시 다섯 편을 지어 이에 계속하니, 비록 용사(用事)한 것이 더욱 기이하고 그 자구가 더욱 험하여 기험(奇險)한 것으로써 원작을 억누르고자 하였다. 그러나 앞에 말한 바와 같은 결점을 면치 못하였다. 병법에 말하기를 '차라리 내가 남을 핍박할지언정 남이 나를 핍박하도록 하지 말라' 하였음은 옳은 말이다. 오늘 아침에 서루(書樓)에 오르니 눈이 처음으로 개었다. 인하여 양로(兩老)의 시를 생각하고 이에 화합하여 두 편을 이루었으나 나도 또한 억지로 끌어다 붙임을 면치 못하였으니 보는 사람은 이를 용서하라. 그 시에,

천림(千林)이 어두우려 하니 이미 갈가마귀 깃들었는데,
눈부신 명주(明珠)가 오히려 수레를 비치도다.
선골(仙骨)이 처자(處子)와 같음에 모두 놀라고,
춘풍은 광화(狂花)를 주관할 계책이 없도다.

소리는 가는 비처럼 희미하여 창지(窓紙)를 울리는데,
추위가 나그네의 근심을 이끌어 술집에 이르게 하네.
만리가 온통 은세계로 되었으니,
흔연히 길 어귀의 삼차(三叉)를 매몰시켰도다.
하였다. 또 이르기를,

개인 빛이 맑디맑아 새벽 갈가마귀 동하고자 하는데,
우뢰 소리 은은히 칠향거(七香車)를 따르도다.
찬 기운이 녹주(綠酒)에 스며들매 낯 붉기 어렵고 위세가 홍
등을 핍박하여 불꽃을 피우지 못하게 하도다.
노를 저어 갈 때는 객의 흥을 알겠으며,
연기가 일어나는 곳에 산가가 있음을 알겠도다.
문을 닫고 높이 누워 찾아오는 사람 없으니,
동전(銅錢)을 화차(畵叉)에 그대로 놓아두도다.

의종 초년[1]에 청교(青郊) 역리(驛吏)가 청우(青牛) 한 마리를 기르는
데 모양이 특이하여 왕에게 바쳤더니 왕이 사신에게 명해 운(韻)을
한정하여 시를 짓게 하였다.
   운이 험하여 모두 난색이 있었는데 동관(東館)의 김효순(金孝純)이
제일이 되고 옥당의 신응룡(愼鷹龍)이 그 다음이었다. 김의 시에는,

---

1 1147년.

봉(鳳)이 남덕(覽德)을 하여 와서 각(閣)에 깃들임이 부끄럽고,
말은 정기를 쌓아 위로 방성(房星)¹에 응함이 부끄럽네.

하였으며 신의 시에는,

뿔을 두드리는 것은 옛날에 영척(甯戚)을 만난 것을 탄식하였고,
종에 피를 바르는 것은 오늘날에 제당(齊堂)²에 지나는 것을
면하였도다.

왕이 읽기를 네댓 번 하고 이르기를,
"고사를 사용한 것이 교묘하나 말이 자못 불공(不恭)하므로 둘째가
되는 것이 마땅하다."
하고 인하여 술과 비단을 하사하되 차등이 있었다. 그런데 서하(西
河) 임종비(林宗庇)도 또한 재사(才士)인데 이 일을 듣고 탄식하여 이
르되,
"나로 하여금 그 자리에 참여하게 하였더라면 마땅히 '도림(桃林)³
에서 봄에 놓아 주니 홍방(紅房)을 밟았도다'라 하였을 것이다."
하였으나 마침내 그 대구(對句)를 얻지 못하였다. 내가 이제 이 시를
계속해 지어 본다.

---

1 별 이름. 28수(宿) 중의 하나.
2 《맹자》〈곡속〉장에 제왕의 고사로 나옴.
3 주나라 무왕이 전쟁을 다한 뒤 소를 놓아 주었던 곳.

은하수 물가에서 선녀를 따르고,

검은 모란꽃이 설당(雪堂)에 이르도다.

함곡관(函谷關)에서 새벽에 돌아오니 자기(紫氣)가 떠 있고[4],

도림에서 봄에 놓아먹이니 홍방을 밟았도다.

시구를 조탁(彫琢)하는 법은 오직 두소릉(杜少陵)[5]이 홀로 그 묘함을 극진히 하였으니, '일월은 농(籠) 중의 새요, 건곤(乾坤)은 물 위의 부평초로다. 열 번 더위에 민산(岷山)[6]의 갈포를 입었고 세 번 서리 올 때에 초나라 민가의 다듬이 소리를 들었도다'와 같은 것이 이런 것이다.

또 사람의 재주는 그릇의 네모지고 둥근 것과 같아서 겸비할 수 없는 것이니 천하의 기이한 구경거리가 마음과 눈을 즐겁게 할 수 있는 것이 매우 많으나, 진실로 재주가 뜻에 미치지 못하면 마치 노둔한 말이 초나라와 월나라 사이 천릿길을 임하는 것 같아서 아무리 재촉을 부지런히 하더라도 먼 곳에 이를 수 없을 것이다.

이러므로 옛 사람은 뛰어난 재능이 있더라도 감히 망령되이 하수(下手)하지 못하고 반드시 단련하고 탁마(琢磨)한 연후에야 넉넉히 빛을 무지개처럼 드리워서 천고에 빛냈던 것이다. 한 달 동안 단련하며 조석으로 읊조리고 수염을 비비면서도 한 자를 제자리에 배입(排入)하기 어렵고 1년 동안에 다만 세 편을 지었으며, 손으로 고퇴(敲

---

4 노자가 청우(靑牛)를 타고 함곡관을 나가는데 자기(紫氣)가 떴음.

5 두보를 일컬음. 자는 자미, 두릉에 살아서 두릉포의라고 스스로 일컬었음. 또 소릉야로라고도 일컬음. 젊어서 가난했고 진사시에 응시했지만 떨어졌음.

6 지금의 사천성 송반현에 있는 산 이름.

堆[1]하는 모양을 하다가 바로 경조윤(京兆尹)의 행사를 범하였으며, 시를 짓다가 너무 파리하여져서 반사산(飯顆山)을 지냈으며, 의사(意思)가 서봉(西峰)에서 갈진(竭盡)하여 종(鍾)을 반야(半夜)에 치기까지에 이르렀다는 것은 이루 다 매거(枚擧)할 수 없다. 그리고 소황(蘇黃)[2]에 이르러서는 고사(故事)를 사용한 것이 더욱 정밀하고 기운이 용출(聳出)하여 시구를 조탁하는 묘방은 두소릉과 더불어 서로 견줄 만하였다.

본조(本朝) 학사 김황원(金黃元)이 군(郡)의 관아(官衙)에 시를 써서 붙이니, 그 시에 이르기를,

산성에 비가 사나와 도리어 우박이 되고,
못〔澤〕이 있는 곳에 그늘이 많아서 자주 무지개가 뜨도다.

하였다. 자미랑(紫薇郎)[3] 이순우(李純祐)[4]가 관동(關東)에 출진(出鎭)하여 시를 짓기를,

세류영(細柳營)[5] 가운데 새로 부임한 상장(上將)은 자미(紫薇) 꽃 밑

---

1 당나라 가도의 자는 양선이니 처음에 부도가 되어 일찍이 경사에서 나귀를 타고 고음(苦吟)했음. 시구를 얻었으되 이르기를, '鳥宿池邊樹僧月下門'이라고 했음. 처음에 추(推) 자를 쓰고자 하다가 결정하지 못하고 손을 이끌어 밀고 두드리는 모양을 해서 경조윤 한유의 수레에 부딪치는 것을 깨닫지 못했음. 유가 가로되, '고(敲) 자가 나으리라' 하고 수레를 나란히 해서 시를 논하고 이로써 글짓기를 가르쳤음.

2 송나라의 소식과 황정견을 말함.

3 당나라 개원간에 중서성을 고쳐서 자미성이라고 했음. 중서령으로서 천자를 보좌하는 일을 맡고 대정(大政)을 잡게 했음. 자미랑은 중형랑과 같음.

4 자는 발지. 고려의 중서사인 양식의 아들. 어려서부터 능히 글을 잘하고 의종 때에 장원급제해서 벼슬이 국자대사성에 이르렀음(고려사).

에 있던 옛 중서랑(中書郞)[6]이로다.

하였다. 내 친구 기지(耆之)[7]가 내게 시를 지어 주되,

바람이 급하니 바다의 대붕(大鵬)이 북으로 옮기고,
달이 밝으니 놀란 까치가 가지에 편히 있지 못하도다.

하였다. 형양(滎陽) 보궐(補闕)[8]이 우연히 천마산 팔척방(八尺房)에서 놀게 되어 저녁때까지 신고(辛苦)로서 시를 지으려 하였으나 상(想)이 되지 못하였다. 이튿날 아침에 돌아가려 할 때, 나귀의 고삐를 느슨히 잡고 길을 걸으며 읊조리다가 도문(都門) 가까이 이르러서 한 연구(聯句)를 얻었다.

바위의 소나무는 늙어 한 조각 달이 걸려 있고,
하늘 끝에 구름이 낮아 천점산(千點山)이 솟았도다.

하였다. 나귀를 채찍질하여 돌아와 손으로 문고리를 흔들고 바로 원

---

5 한나라 주아부가 장군이 되어 세류에 주군해서 호(胡)를 방비했음. 문제가 몸소 가서 군을 위로하자 패상과 자문군에 이르러서는 곧 달려 들어갈 수 있었으나 세류에 이르러서는 들어갈 수 없었음. 상이 절(節)을 가지고 장군을 부르자 아부가 비로소 벽문을 열고 군례로써 뵙기를 청했음. 문제가 가로되, '이는 참으로 장군이로다. 패상자문은 아희와 같을 뿐이다'라고 했음.

6 자미랑과 같음. 백거이의 시에 '獨坐黃昏誰是伴 紫薇花對紫薇郞'이라고 했음.

7 임춘의 자. 문장으로써 세상에 울렸음. 사후에 그의 친구 이인로가 유고를 모아 《서하선생집》 6권을 간행했음.

8 사인 정지상. 원본의 형양은 영양의 오기인 듯함. 영양은 중국 지명. 보궐은 관명.

중(院中)으로 들어가서 붓을 날려 벽에 써 붙이고 돌아갔다. 강일용 (康日用) 선생이 백로(白鷺)를 두고 시를 지으려 하여 매양 비를 무릅쓰고 천수사(天壽寺) 남쪽 시냇가에 이르러 이것을 보고 문득 한 구를 얻었으니, 그 시에 이르되,

　　날아서는 푸른 산허리를 끊었도다.

하고 이어 어떤 사람에게 말하기를,

　"오늘 비로소 고인이 이르지 못한 곳에 이르렀으니 이 뒤에 응당 기재가 있어서 이를 보충하여 전편을 만들 것이로다."

하였다. 내가 이 시구는 진실로 전배(前輩)하지는 못하다고 말하는 것은 대개 신고롭게 읊어서 이루었기 때문이다. 내가 여기에 보충하기를,

　　교목 꼭대기에 집을 지어 깃들이고,
　　날아서는 푸른 산허리를 끊었도다.

하였는데 대저 이런 시구를 전편(全篇) 가운데 넣고 그 나머지는 대강 채우면 될 것이니 바로 구슬 있는 곳에는 풀이 마르지 않고 옥이 나는 시내는 절로 아름다운 것과 같은 것이다. 우후(牛後)는 교방화 (敎坊花) 원옥(原玉)의 소자(小字)이다. 자색과 재주가 당시에 으뜸이

었다. 황장원(黃壯元)이 〈우후가(牛後歌)〉를 지으니 그 대략에,

　응당 아미(蛾眉)가 말 앞에서 죽은 것[蛾眉馬前死][1]을 한하여,
　이것과 반대가 되려고 우후(牛後)라 하였겠지.

하였고 장원 유희(劉羲)[2]는 이르기를,

　우심(牛心)[3]은 다만 왕희지(王羲之)에게 이바지하기에 합하도다.

하였다. 내 친구 기지는 이르기를,

　다만 응당 천상에서 견우를 따를 만하므로 우후로서 이름을
　삼았도다.

하고 나에게 같이 짓기를 청하였다.

　그대여 석숭(石崇)[4]이 소를 타고 빠르기가,

파
한
집

---

1 당나라 명황이 안녹산의 난을 만나 촉으로 파천하던 길에 마외역에서 양귀비를 죽인 것을 말함. 백거역의 〈장한가〉에
　'宛轉蛾眉馬前死'라는 글이 있음.
2 고려 의종 때 장원에 발탁되고 누관(累官)하여 한림원에 들었음.
3 우심적. 세설에 왕희지가 나이 12세에 주의가 그를 기특히 여겼음. 당시에 우심적을 진미로 여겼는데, 주의가 손님을
　청한 연회에서 좌객보다 먼저 희지에게 우심적을 잘라 먹였으므로 이에 이름이 알려졌음.
4 옛 남피인. 포의 차자. 자는 계륜. 소명은 제노. 어릴 적부터 재빠르고 슬기로워 산기랑이 되었음. 형주 자사에 누천했
　으며 치부하여 호사했음. 소를 타고 다닌 적이 있음.

41

나는 것과 같은 것을 보지 못하였는가,

녹주(綠珠)[1]의 아름다운 바탕이,

지란(芝蘭)과 같이 빼어났도다.

또 위공(魏公)[2]이 소를 타고 가면서 글을 읽던 것을 보지

못하였는가.

설아(雪兒)[3]가 묘하게 노래하는 것이,

하늘까지 사무쳤음을 보지 못하였는가.

옛날부터 비단옷 입은 사람은,

우후(牛後)에 있음이 적합하도다.

이것을 가지고 우후에게 묻노니 네 뜻에 알맞으냐.

상긋이 웃고 가면서 머리를 수그리며,

천금이나 되는 한 곡조로 나를 위하여,

장수하라 하도다.

　　전날에 내가 계양군(桂陽郡)에 나아가 수(守)가 되었을 때에 안렴사(按廉使)의 부름을 받고 용산(龍山)에 이르러 상국(相國) 한언국(韓彦國)의 서재에서 잠을 자게 되었다. 멧부리가 있어 모양이 푸른 뱀과 같으며 서재가 바로 산 위에 있고 강물은 그 밑에 이르러 두 갈래로 나뉘어졌으며, 강 밖은 먼 멧부리가 있어 바라보니 마치 산자(山字)

---

1 석숭의 애첩. 기라인(綺羅人)으로 미인이었음.
2 위공은 수나라 이밀. 이밀이 소를 타고 다니면서 《한서》를 읽었음.
3 이밀이 사랑하던 기생으로 노래를 잘 불렀음.

와 같았다.

내가 시를 지어 맑게 읊고 일어서서 붓 돌아가는 대로 벽에 다음과 같이 썼다.

물은 질편히 흘러 연미(燕尾)처럼 나뉘었고,

뭇 산은 아득하여 오두(鼇頭)[4]를 멍에한 듯하도다.

다른 해에 만약 구장(鳩杖)[5]을 모시게 한다면,

한 가지로 창파(滄波)를 향하여 백구(白鷗)와 희압(戲押)하리로다.

천수역락(天水亦樂)은 곧 한상국(韓相國)의 문생(門生)인데 상국(相國)을 뵙고 술자리에서 이 시를 읊으니 상국이 술잔을 멈추고 음풍(吟諷)하며 말하기를,

"한양(漢陽)에서 논 지 이미 50년이나 되었지만 시구를 듣고 보니 그 산광(山光) 수색(水色)이 역력히 눈앞에 있는 것 같다. 이것이야말로 고인이 일컬은 '시 속의 그림'이로다."

하였다.

황통(皇統) 3년[6] 계해(癸亥) 4월 일(日)에 승선(承宣) 김(金)이 임금의 뜻을 받들고 두 영공(令公)으로 하여금 명을 받아 일월사(日月寺)[7]

---

4 발해 동쪽에 산이 있는데, 물결을 따라 왕래하기 때문에 상제가 거오를 시켜 머리를 들어 산을 이고 있게 했음.

5 노인이 짚는 지팡이. 수경주(水經注)에 '고조가 항우와 싸우다가 숲속에 숨었는데, 비둘기가 그 위에 머물러 울었음. 추자가 사람이 없다 하여 마침내 벗어남을 얻었으나 이미 즉위하매 구장(鳩杖)을 만들어 부로(扶老)했다'고 했음.

6 1143년.

7 송악산에 있는 절. 고려 태조가 창건했음.

낙성재(樂聖齋) 학당에 이르러 제생(諸生)과 더불어 강습하게 되었는데, 윤사월 초파일에 이르러 연구(連句)¹를 짓게 되어 내시 최산보(崔山甫)가 '계(溪)' 자(字) 운(韻)을 내니 곧 쓰기를,

시냇물이 잔잔하여 항상 배움²의 바다로다.
몽혼(夢魂)이 놀라 천안(天顔)을 우러러뵌 것을 기뻐하도다.

하였고 또 '사(絲)' 자(字) 운을 내니 곧 이르되,

실처럼 늘어진 버들은 봄 언덕 위에 서 있고,
눈썹처럼 고운 새달은 저녁 구름 끝에 떴도다.
시냇물은 수풀을 울려 먼 골짜기에서 오고,
산 구름은 바위에 마주쳐 높은 멧부리에 많도다.
멧부리는 점점이 창이 늘어선 것 같고,
버드나무는 부드럽게 늘어져 실을 걸어 놓은 것 같도다.

하였다. 이튿날 궁궐에 들어가 임금께 바쳤다.
    지혜가 있는 자는 아직 형체가 나타나기 전에 보게 되고, 어리석은 자는 이를 일이 없을 것이라 하여 태연하게 근심하지 않다가 환난이

---

1 《낙부고제요해》에 '연구(連句)는 한무제백양연작(漢武帝柏梁宴作)에서 일어났으니, 한 사람이 한 구절을 지으매, 연하여 글을 이루나니 본시 칠언시로서, 시에 7언이 있음이 이에서 비롯하나니라'고 했음. 즉 여러 사람이 1구씩 지어 7언 시를 이루는 것.
2 《양자법언》에 '百川學海至海 丘陵學山不至山'이라고 했음.

닥친 뒤에 비로소 마음을 태우고 힘을 수고로이 하여 구하려 하나 어찌 존망 성패에 유익하리요. 이것이 편작(扁鵲)이 환후(桓侯)의 병을 구하지 못한 까닭이다.

옛날 한나라 문제 때에 세상이 다스려지고 편안하며 백성이 부성하였으나 가의(賈誼)[3]는 나라를 통곡하였으며, 당나라 태종은 창업한 뒤에 날로 더욱 경계하고 두려워하여 일찍이 조금도 게을리하지 않았으나 위징(魏徵)은 오히려 십점(十漸)[4]을 진달(陳達)하였다.

그러므로 옛 글에, '간(諫)하는 자는 그 병폐의 근원을 미리 막아서 발하지 못하게 하려 하여 혹 서리 올 때부터 얼음 얼 것을 경계하였고, 장차[5] 옥배(玉杯) 만들 것을 칠기(漆器) 만드는 것을 보고 염려하였다.' 전일에 의종은 수십세(數十世) 동안의 풍성하고 태평한 왕업을 이어받아 왕위에 있은 지 날이 오래되매 일이 잘되지 않는 것이 없으므로 모두 태평의 업이 태산같이 든든하다 하여 감히 말하는 사람이 없었는데, 정언(正言) 문극렴(文克廉)은 바로 대궐 문을 두드리고 소를 올리니 말한 것이 모두 당시의 병폐에 맞아서 다른 사람들이, '이른 봉(鳳)이 산에서 우는 것과 같다[鳳鳴朝陽]'[6] 하였으나 임금은 듣지 않았다. 공이 조의(朝衣)를 벗어 버리고 집에 돌아와 시를 짓기를,

3 가의가 한나라 문제에게 소(疏)를 올리되, '당금의 사세가 통곡할 일이 한 가지요, 누최할 일이 두 가지요, 장태식할 일이 여섯 가지라'고 했음.

4 위징이 당 태종에게 소를 올려 열 가지 징조(十漸)를 경계했음.

5 《주역》의 '履霜堅氷至'에서 나왔음.

6 당나라 고종 때 군신 중 실정을 간하는 이가 없었는데 이선감이 한번 간하자 사람들이 봉명조양에 비유했음. 봉명조양이란 봉황이 산의 동쪽에서 운다는 뜻으로, 뛰어난 행위를 칭찬할 때 쓰는 말임.

주운(朱雲)이 난간을 꺾는 것은 명예를 구함이 아니었고,
원앙(袁盎)¹이 수레를 막은 것이 어찌 자기 몸을 위한 것이리요.
한 조각 단성(丹誠)을 하늘이 비춰 주지 않으므로,
억지로 파리한 말을 채찍질하여 물러나도다.

하였다. 명종이 즉위하자 발탁하여 승선(承宣)의 자리를 잇게 하니 국가의 안위와 인민의 이병(利病)과 사대부(士大夫)의 어질고 못남은 모두 임금께 진달(陳達)하여 조금이라도 지체함이 없어서, 지금에 이르기까지 이웃 나라와 우호를 맺고 중외(中外)가 편안하여 근심이 없게 된 것은 공의 힘이었다. 공이 재상으로 있을 때 나를 천거하여 옥당에 입시케 한 지 1년이 지나서 공이 졸(卒)하였다. 내가 만시(挽詩)를 짓기를,

일찍이 창합(창闔)²에 구름을 헤치고 부르짖었고,
늦게는 우연(虞淵)³에서 해를 돌이켰네.
단봉(丹鳳)⁴이 오래도록 못 위에서 목욕하였는데,
백계(白鷄)⁵는 어찌하여 꿈속에서 재촉하였나.

하였다. 당시 사람이 말하기를, '공이 조정에 있을 때의 대절(大節)의

---

1 한나라 문제가 놀러 나갔다가 높은 언덕에서 수레를 달리려 하자 원앙이 수레를 막아 서며 간했음.
2 천궁. 대궐을 가리킴.
3 해가 우연에 이르면 이를 황천이라고 함.
4 옥당을 봉황지라고 함.
5 진(晉)나라 사안이 꿈에 백계(白鷄)를 보고 나서 죽었음.

시종(始終)은 이 두 구(句)에서 벗어 남이 없으니 실록(實錄)이라 하겠다' 하였다. 어제 내가 공의 옛 별장을 지나다가 보니 풀과 나무가 창연한데 샘물이 돌틈(石縫)에서 나오니 본래 공이 놀던 처소였다. 슬퍼하여 거닐면서 차마 떠나지 못하고 시를 지어 벽 위에 써 두었다.

바위 밑에 차가운 물은 감돌아서 생각이 있는 것 같도다.
뉘라서 빙설[6]의 물줄기가,
아직도 봉황지(鳳凰池)와 통하고 있음을 알리요.
동각(東閣)[7]을 두 번째 엿봄이요,
서문(西門)[8]에 해가 저물고자 할 때로다.
시를 지어 반벽(半璧)에 써서,
구천에 알리고자 하는도다.

하였다. 추부(樞府) 김부의(金富儀)는 시중(侍中) 문열공(文烈公)[9]의 아우인데 모두 문장과 공업(功業)으로서 드러났다. 일찍이 중국에 사신으로 가매 송(宋) 진종(眞宗)이 그 재주를 사랑하여 특별히 예우(禮遇)하였다. 홀연히 두 손님이 사관(使館)에 와서 술을 마시는데 주령(酒令)[10]을 내어 말하기를, '하늘 위에 360도(度)가 있는데 별에는 견

6 문극렴의 청렴결백함을 빙설수에 비유했음.
7 재상이 어진 선비를 영접하던 곳. 당시에 '東閣無用得再窺'라는 구절이 있음.
8 진(晉)나라 사안의 생질 양담이 사안이 죽은 뒤에는 다시 서주 길을 지나지 않다가 한번은 술이 취해 모르고 서주문에 이르러 통곡하고 돌아갔음.
9 김부식.
10 술 마실 때 한 사람이 주령(酒令)을 내면 다른 사람은 대구(對句)로 보충함.

우성이 있도다' 하니, 다음 사람이 답하기를, '바둑판 가운데 360집이 있는데 말은 있으나 소는 없도다' 하였다.

공이 곧 응수하기를, '1년은 360일인데 입춘일에는 토우(土牛)¹를 쓰도다' 하니, 자리에 있는 사람들이 모두 그의 민첩함에 탄복하였다.

황제를 모신 잔치에서 술이 취한 때 황제가 장구(長句) 6운(韻)을 지어 보이고 환관(宦官)을 시켜 재촉해서 화답하여 바치게 하니, 공이 조금도 생각지 않고 붓을 들어 곧 화답하였는데 그 대략은,

침향정(沈香亭) 가에서 신곡을 듣고,
입례문(立禮文) 앞에서 태평을 하례하도다.
조금도 천지의 덕을 갚을 길이 없어,
오직 취필(醉筆)을 가지고 생성해 준 천지의 은혜를 사례하네.

하였다. 제(帝)가 칭상하여 마지 않고 더욱 두텁게 하사(下賜)하였다. 휘종 말년에 이르러 금인(金人)이 변경(汴京)을 함락하고 이제(二帝)²를 사로잡아 북으로 갔는데 강왕(康王)³이 위(位)를 계승하고, 사신 양응성(楊應誠)을 우리나라에 보내어 길을 빌려서 이제 있는 곳을 왕문(往問)하려 할 때, 조정의 의론이 허락지 아니하고 공에게 명하여 표를 지어 답하니, '천지의 어진 것은 각각 만물로 하여금 다 제대

---

1 중국 고대 풍속에 입춘일에는 토우를 만들어 풍년을 빌었음.
2 휘종과 흠종.
3 휘종의 아들 고종.

로 이루게 하고 제왕의 덕은 남에게 어려운 일을 책하지 않는다' 하였다.

또 이르기를, '저편은 많고 우리 편은 적으니 이미 서로 다투기 어렵고, 입술이 없어지면 이가 시리게 되나니[脣亡齒寒][4] 어찌 그대로 두는 것이 복이 아님을 알리요' 하고 또 이르기를, '제후(諸侯)를 거느려 주왕(周王)을 높이던 제환공(齊桓公)·진문공(晋文公)의 고사(故事)를 모방할 수 없고, 그 토지에 따라서 공물을 정하였으며 청주(青州)·서주(徐州)의 옛 의식을 잃지 않겠나이다' 하였다.

문열공(文烈公)이 먼저 중서(中書)에 들어갔으므로 추부(樞府)에 남아 있은 지 10여 년이었다. 성품이 독서하기를 좋아하여 별실을 열고 항상 사대부들과 문장을 토론하므로 처첩(妻妾)이라도 그의 얼굴을 드물게 보았다. 그 뒤 병이 심할 때에 어떤 조사(朝士)가 말똥이 구름 사이에서 떨어지는 꿈을 꾸고 물으니 사람이 이르되, '오늘 김추밀(金樞密)이 돌아갔다' 하였다. 세상에서 그를 천성(天星)의 정령(精靈)이라 일컬었다.

부귀한 집 자제로서 나면서부터 타고난 천성으로 좋아하는 자가 아니면 문장을 잘하는 자가 드문 것인데, 김추밀은 소씨(蕭氏) 8대의 부귀함이 있었으나 호사한 습성을 버리고 종일 꿇어앉아 책을 보았으며, 사장(詞章)을 짓기를 좋아하지 아니하였으나 그가 지을 것이 있으면 반드시 붓을 얼음 담은 그릇에 씻은 뒤에 글을 썼다. 그러므

---

4 입술이 없으면 이가 시리다는 것. 친한 사람 중 한 사람이 망하면 다른 사람도 그 영향을 받게 됨을 말함.

로 지은 글이 세상에 전한 것은 많지 않으나 전하게 된 것은 반드시 기특하였다. 사신으로 나가서 염주(鹽州) 객사(客舍)를 지나면서 절구(絶句) 한 수를 지었다.

원앙금침에 꿈은 없고 밤은 긴데,
서늘한 달빛은 다정하게 단청한 처마에 비치네.
염주(鹽州)라 부른 것은 참으로 크게 틀렸으니,
온 고을의 풍물은 모두 무염(無鹽)[1]이로다.

인종이 어려서 임금이 되었으매 원구(元舅)[2] 조선공(造船公)이 조정을 전제하였는데, 의관(醫官) 최사전(崔思全)이 평발(平勃)의 사이를 조화시켜 마침내 국운을 안정케 하였다. 이로 말미암아 기린각(麒麟閣)[3]에 화상(畫像)이 그려지고 갑자기 재상에 올랐다. 그때에 고원(誥院) 김존중(金存中)이 고문(誥文)을 짓기를, '망하라(莽何羅)가 보슬(寶瑟)에 부딪치매 변(變)이 창졸히 일어났고 하무저(夏無且)가 약낭(藥囊)을 던진 것은 뜻이 충의에 있었다' 하였더니 당시의 사람들이 사리에 절실하다고 일컬었으며, 총애가 더욱 두터워 상 주기를 100만으로 헤아렸다.
　그는 두 아들을 두었으니 변(弁)과 열(烈)이었다. 공이 금잔〔金盞〕

---

1 전국 시대 제나라의 추부. 여기서는 염주이면서 무염 같은 기녀만 있다는 말.
2 임금의 장인. 혹은 외삼촌. 당시의 국공 이자겸.
3 한나라 선제가 중흥 공신들의 화상을 기린각에 그렸음.

두 벌을 아들에게 주었더니, 공이 세상을 버린 뒤에 애희(愛姬)가 그 중에 하나를 훔쳤으므로 형이 노하여 매 치고자 하니 아우가 말하기를, '이는 선공(先公)의 총첩(寵妾)이니 가산을 기울여서라도 신휼(賑恤)함이 옳을 것인데, 하물며 이 물건에 있어 서랴. 내가 얻은 금잔이 아직 남아 있으니 이것을 드릴 것이니 이 첩(妾)을 괴롭게 하지 마십시오' 하였다. 인종이 듣고 효(孝)하고 인(仁)하다 할 만하다 하여 곧 어필(御筆)로 이름을 하사(下賜)하되 효인이라 하니, 그의 조정(朝廷)에 있어서의 대절(大節)을 여기서 볼 수 있다. 일찍이 합 문지후(閤門祗侯)를 사퇴하고 과거에 응시하여 선공(先公)의 유령(遺令)을 이루고자 하였으나 뜻과 같지 못하여 항상 마음에 한스럽게 여기더니, 친구 상서(尚書) 김신윤(金莘尹)이 다음과 같은 6자 시를 지어 보내었다.

골자선(骰子選) 가운데의 독실이요,
황양몽(黃梁夢)[4] 속의 승침(升沉)이로다.
급급(汲汲)한들 백년이 얼마나 되겠기에,
어찌 이것으로 마음을 상하느뇨.

국풍(國風)과 아(雅)[5]가 끊어진 뒤로는 시인이 모두 두자미(杜子美)를 독보(獨步)라고 하는 것은 어찌 오직 시구(詩句)를 만든 것이 정경

---

4 노생이 한단여사에서 낮잠을 자다가 한평생의 영화와 몰락을 꿈꾸고 깨어 보니 자기 전에 짓기 시작한 황량반이 아직 익지 않았음.

5 국풍과 대소아로, 《시경》을 말한 것임.

(精硬)하여 천지의 정화(精華)를 남김없이 다 긁어내었다는 것뿐이겠는가. 비록 한 끼 밥을 먹을 동안에도 일찍이 임금을 잊은 적이 없어서, 굳센 충의의 절개가 마음에 뿌리를 박아 밖으로 나타나서 글귀마다 직계(稷契)¹의 입으로부터 흘러나오지 아니한 것이 없으므로, 이것을 읽으면 족히 나약한 사람으로 하여금 흥기할 뜻이 있게 한 것이니 그 소리가 영롱하고 그 바탕이 옥과 같은 것은 대개 이런 까닭이다. 어제 상국(相國) 영부(永夫)의 '유감(有感)'이란 제목으로 지은 시를 보니 그 시에,

근래에 이웃 나라 형세가 장차 위태로울 것을 들으니,
강토(彊土)의 개척은 이때에 있을 것이로다.
흰 머리털이 나부끼어 서리와 눈이 떨어져도,
단심(丹心)의 밝고 밝음은 귀신이나 알리로다.
염파(廉頗)²가 밥을 잘 먹은 뜻이 없지 아니하고,
곽거병(霍去病)³이 집을 사양한 것도 까닭이 있도다.
묵묵히 이 회포를 하소연할 데 없어,
매양 술만 만나면 이취(泥醉)하네.

그의 간절하게 나라를 근심하는 정성이 늙을수록 더욱 장하여, 늠

---

1 직설. 중국 순제 때의 명신. 직과 계.
2 조나라의 장수. 염파가 벼슬을 버리고 향리에 있을 때, 왕이 다시 기용하고 싶으나 연로해서 그 기력을 알아보고자 사자를 보냈더니, 염파가 한 말의 밥과 열 근의 고기를 먹고 말에 올라 아직 쓸 수 있음을 보여 주었으나 곽개가 방해했음.
3 한 무제 때의 어진 장군. 무제가 주택을 내려 주려 하자, 그는 흉노를 다 멸하지 못했다고 이를 사양함.

연(凜然)히 태산(泰山)·화산(華山)과 서로 높은 것을 다투어 진실로 우러러볼 만하다. 공(公)이 평생에 광기를 내므로 왕공대인(王公大人)[4]이라 할지라도 모두 그를 꺼리었다. 그가 어렸을 때에 꿈에 대궐에서 놀았는데 구정(毬庭)에 나오니 술독 수백 개가 죽 늘어섰는데 그중에서 두세 독이 처음으로 개봉되었기에 물으니 대답하기를,

"이것은 진사(進士) 김영부(金永夫)가 마실 술이다."

하였으니 장공(張公)의 36노지전(爐之錢)이란 것도 있음직한 말이다.

인종이 서도(西都)에 중흥대화(中興大華)의 지세를 잡아서 새로 용언각(龍堰閣)[5]을 세우고 봉련(鳳輦)이 서쪽으로 순행하여 군신에게 연회를 베풀 때, 학사 이지저(李之氐)에게 명하여 입으로 글을 부르게 하니 그 대략에 이르기를, '제(帝)가 진방(震方)에서 나와〔出震〕[6] 건도(乾道)[7]를 탔으니 시대의 운수에 응한 것이요, 왕이 호경(鎬京)[8]〔王在鎬〕[9]에서 술을 마시니 진실로 여러 사람과 같이 즐겨야 할 것이로다' 하였고 또 이르기를, '실가(室家)가 서로 경하(慶賀)하되 우리 임금을 기다렸더니 그가 왔으므로 소생하였다' 하고 음악 소리가 처음 들리니, '우리 임금이 풍류를 하시나 하도다' 하였고 또 이르기를, '한 번

---

4 신분이 고귀한 사람.
5 임금이 타는 수레. 인종을 가리킴.
6 《주역》에 '帝出乎震'이라 했는데, 여기서 진(震)은 동방을 말함.
7 천도대로 했음을 뜻함.
8 중국 섬서성에 있는 지명. 주나라 무왕의 도읍지. 여기서는 서도를 호경에 비교했음.
9 주나라 문왕이 호경에서 신하들과 술을 마셨는데, 《시경》에 〈옥재호〉 편이 있음.

놀고 한 번 도는 것이〔一遊一豫〕 제후의 법도가 된다는 하나라 속담〔夏諺〕에 부합하였고, 음식으로 충신의 마음을 다한다 하였으니 주나라 사람의 노래〔周人之詠〕에 부합할 것이로다' 하였으니 대우(對偶)가 아주 정절(精切)하여 진실로 조작한 흔적이 없었다.

　문열공(文烈公)이 보고 탄식하여,

　"근래 글 짓는 사람들이 사륙(四六)의 병려(倂儷)로써 조직하여 공교롭게 만든 것과는 비할 것이 아니다."

하였다. 공(公)은 시중(侍中) 이공수(李公壽)[1]의 아들로서 18세에 장원에 뽑혔고 빠른 시일에 정승이 되었다. 그는 용모가 그림과 같고 망령되이 돌아다보지 않았으며, 신학(新學) 후생(後生)이라 할지라도 상대하기를 큰 손님과 같이 하였다. 충성스러운 말과 아름다운 계책은 넉넉히 이윤(伊尹)의 이훈(伊訓)[2]과 부열(傅說)[3]의 설명(說命)으로 더불어 서로 표리가 될 만하니, 참으로 옛사람의 이른바 대신이라 할 것이다. 그러므로 지금까지도 그의 살던 곳은 정당리(政堂里)라고 부른다. 일찍이 동도(東都)에 봉사하여 희롱하여 시를 지었다.

　크게 취하여 정신없어 새벽 꿈이 깊었으니,
　휘장 속에 미인이 자는 것도 몰랐도다.
　옆 사람이여 풍정(風情)이 박하다 비웃지 말라,

---

1 고려의 시중.
2 상나라 때의 어진 재상. 탕왕 때 재상으로, 걸을 토벌해서 천하를 평정했음.
3 은나라 고종 때 어진 재상.

서강월(西江月)한 편쯤은 지을 줄 아는도다.

시중(侍中) 김연(金緣)⁴은 평장사(平章事) 상기(上琦)의 아들이니, 소시적에 문장으로써 이름을 나타내었다. 나이 30세 미만에 사신으로 변방에 나아가 요(遼)의 사신 맹초(孟初)와 함께 동행할 때에 초가 그의 연소함을 보고 자못 경홀하게 여기었는데, 같이 말을 타고 교외로 나갔는데 눈이 처음으로 개어 사방을 돌아보아도 아득하여 보이는 것도 없고 오직 말굽이 땅에 부딪쳐 소리가 날 뿐이었다. 초(初)가 소매에 손을 넣고 가느다랗게 읊조리다가 곧 시를 부르기를, '눈을 밟으니 마른 우레가 동(動)하도다' 하였다. 공이 곧 응답하기를, '깃발이 바람에 펄럭이니 열화(烈火)가 나르다' 하였다. 초(初)가 놀라 참으로 천재라 하고 이로부터 정의(情誼)가 날로 두터워져서 서로 알게 됨이 늦었음을 한하였다. 환국함에 이르러 차고 있던 통천서(通天犀)⁵를 풀어서 주었다.

공이 간관(諫官)으로 있을 때 진달(陳達)한 것이 모두 나라를 경륜(經綸)하는 원대한 계책으로서 처음에는 오활한 것 같았으나 이익이 천백 년 뒤에 있었다. 인종 때에 권신이 조정에서 권력을 잡았으므로 동요를 들고 병을 칭탁하여 고향으로 돌아갔다가 반정되매 이르러 불려서 재상이 되었는데, 그의 행동이 신이(神異)함이 많아 세상 사람들이 헤아릴 수 없었다. 세 아들이 모두 문묵(文墨)으로서 재상의

4 김인존. 어릴 적 이름은 연. 자는 처후. 소년 때 등제했음. 벼슬이 수태전문하시중판리부사에 이름.
5 통천서각인데, 띠를 만들기도 하고 패물로도 씀.

자리에 올랐으므로 당시의 사람들이 동진(東晉)의 왕사(王謝)¹에 비하였다. 일찍이 용만(龍灣)에 출진(出鎭)하여 가면서 전송하는 문생에게 시를 지어 보였다.

10년 동안 대각(臺閣)에서 사륜(絲綸)²을 관장(管掌)하였다가,
오늘날 도리어 곤외신(閫外臣)이 되었도다.
간관(諫官)으로서 직언을 아뢰지 못하였으니,
변방에서 애오라지 오랑캐 티끌을 쓸고자 하노라.
귀밑 터럭이 일찍 희어졌음은 나라를 근심한 때문이요,
흐르는 눈물을 금키 어려움은 어버이를 그리워함이네.
고마울손 문하의 제자들은,
백 병의 맑은 술로 가는 사람을 전송하누나.

상서(尚書) 김자의(金子儀)는 꿋꿋하여 기특한 기질이 있었다. 일찍이 과거를 볼 적에 임금이 꿈에 어떤 사람이 뽑혀서 급제하였는데 그 이름이 창(昌)이었다. 호봉(糊封)을 뜯어 본즉 공(公)이 제2등에 있었는데 이름이 정(晶)이었다. 임금이 놀라 이상하게 여기었다. 그가 조정에 있어 직언하여 간신(諫臣)의 풍이 있었고, 성품이 술을 즐기어 취하면 춤을 추며 문득 〈사해가(四海歌)〉를 불렀으며 그가 말한 것은 모두 국가의 기강에 관한 것이었다. 당시의 사람들이 말하기를, '차

---

1 왕사는 왕씨. 동진의 으뜸이었음.
2 조지. 《예기》에 '王言如絲其出如綸'이라고 했음.

56

라리 호랑이를 만날지언정 술 취한 김공은 만나지 말라' 하였다.

강남에 안찰사(按察使)로 갈 적에 임금이 난간에 다다라 경계하여 이르기를,

"경의 문장과 지절이 고인에게 부끄럽지 아니하나 다만 음주가 흔히 과하니 석 잔을 마신 뒤에는 삼가 입에 대지 말라."
하였다.

이로부터 관하(管下)의 고을에 순시할 때에 항상 술을 마시지 않았는데, 산사(山寺)를 지나다가 전에 알던 노승을 찾아 손을 잡고 회포를 이야기하다가 작별함에 이르러 노승이 술을 사서 전송하고자 하매, 문을 나와 이끼 긴 바위 위에 걸터앉아 말하기를,

"임금께서 신에게, '술을 마시되 석 잔을 넘지 말라'고 경계하셨으니 불공드리는 쇠바릿대를 가져오라."
하고 쇠바릿대로 마시고 갔는데, 그 바릿대는 한 말이 넘게 들어갈 만한 것이니 그의 호기(豪氣)가 대개 이와 같았다.

일찍이 척상국(拓相國)이 남쪽으로 귀양감을 슬퍼하는 절구에,

용호(龍虎)의 웅자(雄姿)와 철석(鐵石)의 간장(肝腸)은,
충의로써 군왕을 도우려 하였네.
다만 새가 다 잡혔으므로 감추어지는 것일 뿐,
회음후(淮陰侯)가 한황(漢皇)을 배반한 것이 아니로다.

하였다. 진락공(眞樂公) 이자현(李資玄)은 재상의 집안에 나서 비록

벼슬길에 몸을 붙였으나 항상 신선을 사모하는 마음이 있었다. 젊어서 한림원(漢林院)에 있을 적에 술사(術士) 은원충(殷元忠)에게 몰래 승지(勝地) 강산에 숨어 살 만한 곳을 물었다. 은공(殷公)이 이르기를,

"양자강 가에 청산(靑山) 한 굽이가 있는데 참으로 세상을 피할 만한 곳이다."

하므로 듣고는 항상 관심을 가졌다. 나이 27세에 벼슬이 태락서령(太樂署令)에 이르렀으나 문득 상처하자 옷을 떨치고 속세를 하직하고 아주 숨으려고 청평산(淸平山)에 들어가 문수원(文殊院)을 수리하고 거처하였다. 더욱 선(禪)을 좋아하여 학자가 찾아오면 문득 그들과 함께 그윽한 방에 들어가 날이 다 가도록 꿇어앉아 말을 잊었다가 때때로 옛 고승의 종지를 들어 토론하니, 이로 말미암아 선법(禪法)이 해동(海東)에 유포되어 혜조국사(惠照國師)·대감국사(大鑑國師)가 모두 그 문하(門下)에서 놀았다. 이에 동중(洞中) 그윽한 곳에 식암(息庵)을 지었는데 둥글기가 따오기알(鵠卵)과 같아서 다만 두 무릎을 용납할 만하였다. 그 속에 묵묵히 앉아 수일이 되도록 오히려 나오지 않기도 하였다. 그의 동년우(同年友)[1] 곽여(郭璵)가 관동(關東)에 안찰사(按察使)로 갔다가 그를 찾아보고 시를 지어 주기를,

청평(淸平)의 산수(山水)가 소상강(瀟湘江)과 같은데,
뜻밖에 옛 친구를 서로 만났도다.

---

1 함께 과거에 급제한 친구.

30년 전에 함께 과거에 급제하고,

천리 밖에 각각 사는 몸이 되었네.

뜬구름이 골짜기에 드니 누(累)가 없고,

밝은 달이 시내에 비치니 티끌에 물들지 않았네.

한참 동안 눈만 마주치고 말이 없는 곳²에,

담연(淡然)히 서로 옛 정신이 비치네.

하니 공이 차운(次韻)³하기를,

따뜻한 기운은 계산에 들어와 가만히 봄으로 바꾸는데,

홀연히 선장(仙仗)을 돌려 숨은 사람을 찾았네.

백이(伯夷)·숙제(叔齊)가 세상을 피한 것은 다만 성(性)을

온전히 함에 있고,

직(稷)과 계(契)가 나랏일에 부지런함은 몸을 위함이 아니로세.

왕명을 받든 이때에 옥패(玉佩)가 장장(鏘鏘)한데,

벼슬을 버린 어느 날에 세속 티끌 털어 버리려나.

어떻게 하면 이곳에서 함께 숨어 살아서,

종래의 불사신⁴을 수양할까나.

---

2 목격무언양구처(目擊無言良久處). 《장자》에 '目擊而道存'이라는 말이 있음.

3 남의 시운 그대로 화답하는 것.

4 《노자》에 '곡(谷) 양지 신불사(養地神不死)'라는 정신 수양을 말함.

하였다. 예종이 몹시 그 선풍(仙風)을 사모하여 여러 번 불렀더니 사자(使者)에게 말하기를,

"신이 처음 도문을 나올 적에 다시는 서울 땅을 밟지 않겠다는 맹세가 있으니 감히 명령을 받들지 못하겠나이다."

하고 임금께 표를 올리기를, '당우(唐虞)의 시절에 요순(堯舜)의 신으로서 기룡(夔龍)¹은 조정의 모책(謀策)을 바치었고 소부(巢父)·허유(許由)는 산림(山林)의 지조(志操)를 굽히지 않았나이다. 새로 새를 길러 거의 종고(鐘鼓)의 근심〔鐘鼓之憂〕이 없게 하고 고기를 보고 알아서〔觀魚知憂〕² 강호(江湖)의 성(性)을 이루게 하소서' 하니 임금이 그 뜻을 굽히지 못할 것을 알고 특별히 남도(南都)로 행행(行幸)하여 그를 불러 보고 수신(修身) 양성(養性)하는 요체(要諦)를 물었더니 대답하기를,

"고인(古人)이 이르기를, '성(性)을 수양하는 것은 욕심을 적게 가지는 것보다 나음이 없다' 하였으니 오직 폐하께서는 여기에 유의하소서."

하였다. 임금이 감탄하기를 마지않고 말하기를,

"말은 들을 수 있으나 도(道)는 전할 수 없고 몸은 볼 수 있으나 뜻을 굽힐 수 없으니 참으로 영양(潁陽)³의 아류(亞流)로다."

1 우순의 두 신하의 이름. 기전악.
2 장자와 혜자가 함께 물고기 노니는 것을 보다가 장자가 '물고기의 노는 것이 즐겁구나'라고 하자, 혜자가 '자네는 물고기가 아닌데 어찌 물고기의 낙을 아는가' 한즉, 장자는 '자네는 내가 아니면서 어찌 내가 물고기의 낙을 알지 못할 줄 아는가' 라고 함.
3 영수의 남쪽. 기산영수는 소부·허유가 은거하던 곳.

하며, 다(茶)와 약(藥)을 하사하고 산으로 돌려보내었다. 그가 죽으매 진악공(眞樂公)이라 시호(諡號)를 내렸다. 기타 사적은 김상국(金相國)의 《중창기(重刱記)》에 적혀 있다.

　처사(處士) 곽여(郭璵)는 예종이 동궁에 있을 때의 요속(僚屬)이었다. 예종이 즉위하매 그는 벼슬을 버리고 숨으러 갔다. 임금이 명하여 성동(城東) 약두산(若頭山) 한 봉우리를 하사하였더니, 별장을 짓고 동산재(東山齋)라 하였다. 항상 오사모(烏紗帽)를 쓰고 학창의(鶴氅衣)를 입고 궁중에 출입하니 당시의 사람들이 금문우객(金門羽客)이라 하였다. 일찍이 궁중 연회에서 임금이 머리에 꽂는 조화 한 가지를 하사하고 곧 명하여 시를 지어 바치게 하니 그 시에,

　　누가 붉은 비단을 오려 모란꽃을 만들었다.
　　꽃봉오리 활짝 피지 못한 것은,
　　봄 추위를 겁낸 것이로다.
　　육궁(六宮)의 분대(紛黛)⁴가 모두 서로 하는 말이,
　　무슨 일로 궁화(宮話)가 도사(道士)의 관에 올랐는고.

하였다. 또 임금을 모시고 장원정(長源亭)에 갔을 때, 임금이 누에 올라 석양에 조망(眺望)할 때에 들 첨지가 소를 타고 시내를 끼고 돌아

---

4 궁녀를 가리킴.

가는 자가 있었다. 곧 명하여 시를 부르라 하였다. 그 시에,

　　태평한 용모에 제멋대로 소를 타고,
　　수풀비에 반쯤 젖어 언덕머리 지나누나.
　　집이 물가에 가까이 있음을 알겠으니,
　　낙일(落日)에 계류를 끼고 가는 대로 두어라.

하였다. 어찌 다만 선풍도운(仙風道韻)만이 인주(人主)의 뜻을 움직였을 뿐이랴. 문장에 있어서도 또한 기운 있고 민첩하여 뛰어났으므로 임금이 대우하기를 더욱 달리하여 다른 조신(朝臣)이 미칠 바가 아니었다. 임금이 일찍이 북문으로 나와 환관 수십 명을 거느리고 스스로 종실열후(宗室列侯)라 칭하고 동산재(東山齋)를 찾아갔더니 처사(處士)가 마침 성중(城中)에 가서 머물고 돌아오지 않았다. 임금이 서너 차례 거닐다 '하처난망주(何處難忘酒)'[1]란 시 한 편을 지어 친필로 벽에 써 붙이고 돌아오니 당시의 사람들이 모두 말하기를 한무제의 〈백운요(白雲謠)〉[2]와 당태종의 무봉체(舞鳳體)와 비백체(飛白體)[3]를 실로 겸하였으므로 고금에 없는 것이라 하였다. 그 시에,

　　어느 곳에서 술을 잊기 어려운고,

---

1 시의 편명. 당나라 백거이의 창작임. '어느 곳에서 술을 잊기 어려운가'의 뜻.
2 한나라 무제와 서왕모가 서로 만나 지은 노래.
3 서체의 일종. 당나라 태종이 쓴 것이 전함.

62

신선을 찾다가 만나지 못하고 돌아가네.
서창(書窓)에 저녁 햇살이 밝았는데,
향로에는 남은 재만 있네.
방장(方丈)[4]에 지키는 사람 없는,
선비(仙扉)는 종일토록 열려 있네.
동산 꾀꼬리는 늙은 나무에서 울고,
뜰 위에 학은 푸른 이끼에서 잠들었네.
도미(道味)를 누구와 함께 말하리,
선생은 가고 돌아오지 아니하네.
깊이 생각하여 감개가 나니,
머리를 돌이키며 거듭 머뭇거리네.
붓을 잡아 시를 써서 벽에다 붙이고,
난간을 더우잡고 대(臺)에서 내려오네.
시흥(詩興)을 도와 주는 경치는 많고,
부딪치는 곳마다 티끌이 끊어졌네.
더운 기운은 수풀 밑에 멎어지고,
훈훈한 바람은 전각 모퉁이에 들어오네.
이러한 때에 한 잔 없으면,
번거로운 근심을 어찌 씻으리요.

---

4 1장(丈) 정방의 면적을 말함. 도인의 거실을 방장이라고 함.

하였다. 뒤에 공이 왕명으로 이 시에 화답하기를,

어느 곳에서 술을 잊기 어려운고,

보련(寶輦)이 헛되이 지나갔네.

주문(朱門)¹에서 소연(小宴)에 놀았더니,

단조(丹竈)²에는 찬 재가 떨어졌네.

향음(鄕飮)은 밤새워 파하고,

성문은 새벽에야 열리도다.

의장(儀杖)은 봉래산 길로 돌아가고,

나막신에는 서울의 이끼 묻었네.

나무 밑에서 선동(仙童)이 하는 말이,

구름 사이에 옥제(玉帝)가 왔었네.

오궁(鼇宮)³이 적막한데,

용어(龍馭)가 오래도록 배회하였었네.

뜻이 있어 이에 붓을 뽑았고,

사람 없는데 홀로 대(臺)에 올랐네.

일월(日月)을 뵙지 못하였으니,

티끌 세상에 나갔던 것 한스럽네.

머리를 긁으며 계하(階下)에 섰다가,

1 재상의 집을 가리킴.
2 방술의 선비 도사가 영약을 만드는 부엌.
3 신선이 사는 곳. 여기서는 곽처사의 집을 가리킴.

근심을 머금고 바위 모퉁이에 기대네.

이러한 때에 한 잔 없으면,

어찌 촌심(寸心)을 위로할 것인가.

하였다. 태백산인(太白山人) 계응(戒膺)[4]은 대각국사(大覺國師) 의천
(義天)의 적사(嫡嗣)이다. 어렸을 때에 절에 우거(寓居)하여 글을 읽을
적에 대각국사가 담을 격(隔)하여 그 소리를 듣고,

"이는 참으로 불법(佛法)을 닦을 그릇이로다."

하고 권하여 머리를 깎고 문하(門下)에 두매, 밤낮으로 부지런히 공
부하여 심오한 경지에 들어갔다. 대각국사를 계승하여 널리 대법(大
法)을 선양하기 40여 년에 임금의 존경을 받아 항상 서울을 떠나지
않다가, 태백산으로 돌아가기를 누차 청하여 손수 각화사(覺華寺)를
창시하고 크게 불법을 펴니, 사방에서 학자가 모여들어 매일 천백인
(千百人)이나 되어 법해용문(法海龍門)이라 하였다. 당시에 홍왕사(興
王寺)에 지승(智勝)이란 중은 학문을 좋아하여, 문하에 와서 제자가
되어 배우다가 이듬해에 산으로 돌아가려 할 적에 계응이 시를 지어
송별하였다.

학문을 좋아하는 사람이 오늘날엔 응당 적을 것이며,

망형(忘形)의 벗[5]은 예전에도 또한 드물었네.

---

4 《고려사》에는 계응(繼膺)이라 함. 호는 태백산인. 고려 예종 때의 고승.

5 재식(才識)이 서로 맞고, 연배를 서로 잊고 친히 사귀는 벗.

나에게 무슨 아는 것이 있다고,

그대가 와서 의지하였던고,

궁벽한 산골짜기에서 삼동을 같이 지내다가,

봄바람에 하룻날 돌아가네.

떠나는 것 머무는 것이나 모두 세상 밖이니,

눈물로 옷을 적실 것 없다.

하였다. 대개 도를 얻은 사람의 말로서 우유한담(優遊閒淡)하여 이치
가 심원(深遠)하니, 비록 선월(禪月)¹의 고일(高逸)함과 참요(參寥)²의
맑고 아름다움이라도 어찌 이보다 나으리요. 이런 것이 고인(古人)이
말한, '바람이 물위에 불매 자연히 무늬가 이루어진다'는 것과 같다.

서호(西湖)의 중 혜소(惠素)는 내전(內典)과 외전(外典)에 해박(該
博)하고 더욱 시에 교묘하며 필적도 또한 묘하였다. 일찍이 대각국사
를 스승으로 섬겨 고제(高弟)가 되었다. 국사(國師)가 승과(僧科)에 응
시하기를 권하매 대답하기를,

"내가 어찌 내구(內廐)란 말입니까? 걸음걸이를 시험하십시오."

하였다. 그러면서 항상 국사를 따라다니며 문장을 토론하였다. 국
사가 죽은 뒤 행록(行錄) 10권을 찬(撰)하였는데, 김시중(金侍中)이 이
를 제요(提要)하여 비문(碑文)을 만들었다. 혜소가 서호(西湖) 견불사
(見佛寺)에 가서 거처하였는데, 방 안에 다만 방석의 크기만한 청석

---

1 관휴. 전촉승. 난곡 강씨의 아들. 자는 덕은. 7세에 출가해서 고절준행했으며, 시·서·화에 능했음.
2 송승. 호는 참요자. 국내외의 서적을 보지 않은 것이 없고 문장에 능하고 시 짓기를 좋아했음.

(青石) 한 장을 두고 때때로 글씨를 써서 소견(消遣)하였다. 시중(侍中)[3]이 벼슬을 내놓은 뒤에 나귀를 타고 자주 찾아가서 밤을 새우며, 도(道)를 담론하였다. 임금이 본시부터 그 이름을 듣고 내도량(內道場)에 맞아들여 《화엄경(華嚴經)》을 강설(講說)[4]하게 하고 백금을 많이 하사하였다. 혜소가 이것으로 모두 사탕(砂糖) 100병(餠)을 사서 거처하는 안팎에 벌여놓았다. 사람들이 그 연고를 물은즉 답하기를,

"이것은 내가 평생에 즐겨 먹는 것인데, 만약 내년 봄에 상박(商舶)이 오지 않으면 어찌 구하겠는가."

하니 듣는 사람이 모두 그 진솔(眞率)함에 웃었다.

금란(金蘭)[5] 지경(地境)에 한송정(寒松亭)[6]이 있으니 옛날에 사선(四仙)[7]이 놀던 곳이다. 그 무리 3천 명이 각각 나무 한 그루를 심어서 지금에 이르기까지 푸르러 구름을 찌르고, 그 밑에는 다정(茶井)이 있는데 도형(道兄)[8] 계응국사(戒膺國師)가 시를 지었다.

옛날에 뉘 집 자제가 3천 푸른 솔을 심었는고.

그 사람 뼈는 이미 썩었지만,

솔잎은 오히려 무성하구나.

---

3 김부식을 가리킴.
4 강론해서 설명함.
5 강원도 통천군에 있는 산천.
6 강원도 강릉군에 있는 정자.
7 《지봉유설》 권2에 나옴. 신라 때의 술랑·남랑·영랑·안상을 말함.
8 수도하는 사람을 높여서 부르는 말.

혜소가 이 시에 화답하기를,

천고의 놀던 신선놀이 멀어졌는데,
오직 푸르른 것 소나무로다.
다만 샘 밑의 달빛 남아 있어,
그 모습 방불히 상상케 되네.

하였다. 평하는 자는 말하기를, '사(師)의 지은 것이 조직은 비록 교묘
하기는 하나 천취(天趣)가 자연스러운 전편만 같지 못하다' 하였다.
  벽라노인(碧蘿老人) 거비(去非)가 나에게 이르기를, 일찍이 역정(驛
亭)의 벽상에서 절구 한 수를 보니, 그 절구에 이르기를,

가을 볕이 따뜻하여 봄볕과 같으니,
죽엽(竹葉)과 파초(芭蕉)가 분장(粉墻)에 비치도다.
파초여 차군(此君)을 향한데 잎이 크다고 자랑 말라.
차군은 응당 얼마 안 가서 서리가 칠 것을 웃으리라.

하였다고 하였다. 또 왕륜사(王輪寺) 광천사(光闡師)가 근일 사람이
지은 시를 외는데, 그 시에 이르기를,

봄 게으름의 손실을 누구와 같이 말할꼬.
때로 혹 꾀꼬리 소리 듣고도 잘못 들었다 여기네.

68

물정(物情)도 나처럼 곤(困)한 것 우스우니,
낮 바람 훈훈한데 모란꽃이 머리가 무겁구나.

하였다. 이 두 편은 모두 작자(作者)의 이름이 없으나 그 어법이 당·
송 사람과 다름이 없었다. 두 대사(大師)는 해동명현(海東名賢)과 상
종하여 놀았으니 반드시 얻은 데가 있을 것이므로 이 두 편을 기록하
여 알아주는 사람이 있기를 기다린다.

분황종(芬皇宗) 광천사(光闡師)는 탄솔(坦率)하고 광달(曠達)하여
작은 행실을 삼가지 않았다. 일찍이 내도량(內道場)에 들어가 크게 취
하여 앉아서 조는데, 콧물이 흘러 가슴팍에 드리워서 유사(有司)에게
규탄되어 내쫓긴 바가 되었다. 족암(足菴)이 이것을 듣고, '천 잔을
먹은 이는 성(聖)이요, 백 잔을 먹은 이는 또한 현(賢)[1]이니 누룩을 쌓
아 언덕이 되어도 오히려 진인(眞人)이 되는 데 방해되지 않거든 하
물며 중은 자유자재로 유희하는 것이 진실로 헤아릴 수 없음이랴' 하
고 이에 게(偈)[2]를 지었다.

패엽(貝葉)이 도리어 죽엽배(竹葉盃)가 되니,
천화(天花)[3]가 떨어지기를 다하매 눈꽃[眼花]이 열렸네.

---

1 여기서는 주량이 많음을 두고 한 말.
2 부처의 공덕이나 교리를 찬미하는 노래 글귀. 4구로 되어 경전의 1단의 끝이나 맨 끝에 붙임.
3 석가여래가 설법할 때 하늘에서 꽃이 떨어졌다는 고사가 있음.

취향(醉鄕)은 광대하고 인간은 좁으니,

누가 거짓 미친 체하는 늙은 만회(萬回)[1]를 알리요.

화엄(華嚴) 월사(月師)가 젊어서 나를 따라 놀았다. 스스로 고양취곤(高陽醉髡)[2]이라 칭하였는데, 시를 지으매 가도(賈島)의 풍골(風骨)이 있었다. 어제 그를 데리고 서하(西河) 기지(耆之)를 방문하였더니 한번 보자, 옛 친구와 같았다. 기지가 말하기를,

"사(師)를 이공(李公)이 나에게 칭예(稱譽)한 지 벌써 오래인데, 어찌 반드시 손을 잡고 사귄 연후에야 서로 아는 것이 되리요."

하고는 곧 좌상에서 시를 써서 주었다.

옛날에 시 잘하는 중 혜근(惠勤)이

취옹(醉翁)[3]이 문하(門下)에 오래 종유(從遊)하였네.

오늘날 미수(眉叟)[4]는 참으로 기사(奇士)인데,

고양(高陽)에서 한 중을 얻었다고 나를 자랑하네.

이름만 듣고 보지 못함을 한하였더니,

서로 만나매 말하려다가 문득 말을 잊었네.

청시(淸詩)와 건필(健筆)을 물어 무엇하리요.

---

1 옛날 거짓으로 미친 체 행동한 도승.

2 고양주도를 모방한 것임. 《사기》에 "패공이 인병(引兵)하여 진(陳)에 머무니 여생이 군문에 와서 상알하여 가로되, '나는 고양주도요, 유자(儒者)가 아니다'라 했다"고 했음. 이백의 시에 '君不見高陽 酒徒起草中 長揖山東陸準公'이라고 했음. 고양주도란 술을 좋아해서 제멋대로 행동하는 사람을 비유한 말.

3 송나라의 구양수. 여릉인. 자는 영숙. 자호는 취옹.

4 이인로의 자.

장원급제할 때부터 전해 들었는 것을.

　　강하(江夏) 황빈연(黃彬然)이 급제하기 전에 몇몇 친구와 함께 단주 (湍州)[5] 감악사(紺岳寺)에서 글을 읽었다. 그때에 동각(東閣) 김신윤 (金莘尹)은 명사(名士)인데 취하여 광언을 발하다가 당시의 귀인에게 거슬리었으므로 걸어서 성을 나와 감악사에 들어가, '노병(老兵)이 고향으로 돌아가는 길이다' 하고 칭하고 기숙하기를 청하였다. 빈연 이 그 늙고 또 피곤함을 불쌍하게 여겨 허락하였더니 종일토록 상하 에서 한 마디 말도 않다가 우연히 부젓가락으로써 재에 그어 글자 모 양을 만드니 좌중(座中)이 모두 눈짓을 하면서,

　　"저 늙은 것이 자못 문자를 아는 모양이다."

하였다. 그의 아들 온(蘊)은 이미 과거한 사람이었는데 이튿날 아침 에 하인 2, 3인에게 술병을 지워 거느리고 찾아가서 문에 이르러 물 어 가로되,

　　"어제 우리 가친(家親)께서 도문(都門)을 나와 이곳에 오셨는데 지 금 계시냐?"

하였다. 답하기를 '다만 노병(老兵) 한 사람이 와서 잤을 뿐인데 김동 각(金東閣)이 어디 있는가' 하였다. 온기(蘊琦)가 들어가 뜰 아래서 절 하매 빈연이 땅에 엎드려 부끄러워 사과하였다. 동각이 웃으며, '서 생(書生)아, 네가 어찌 범수(范雎)[6]가 이미 진(秦)나라 상(相)이 된 것

---

5 경기도 장단을 말함.
6 중국 전국 시대 위나라 사람. 처음에 위상위제와 중대부 수가에게 곤욕을 당하고 망명해 진나라로 들어가서 장녹이라 고 변성명하고 재상이 되었음.

을 알겠느냐 하고 함께 복봉에 올라 소나무 밑 바위에 앉아 같이 술을
마시며 매우 즐기면서 좌객에게 명하여 송풍을 시제로 각각 한 운을
짓게 하니,

검은 원숭이의 휘파람 소리를 끊어 보내고,
흰 학의 높이 나는 것을 흩날려 주네.
베개에 기대인 객이 시끄러움을 싫어하고,
나무하는 아이 추움을 겁내네.
고역(姑蘇)¹의 선인(仙人)이 서늘하게 마셨고,
삽삽(颯颯)²한 것은 초대(楚臺)에서는 웅풍(雄風)이로다.
학이 추워 잠들기 어렵고,
승은 입정(入定)³하여 홀로 귀머거리 같네.

하였다. 이날 저녁에 실컷 마시고 파하였는데 빈연이 머리를 조아려
수업(受業)하기를 원하여 수월(數月)을 머물면서 《전한서(前漢書)》를
다 읽고 나서야 돌아갔는데 사림(士林)에서 지금까지도 이야깃거리
로 삼고 있다.

학사 김황원(金黃元)과 좌사(左司) 이중약(李仲若)과 처사(處士) 곽

---

1 선녀.
2 《송옥풍부》에 초나라 왕이 대상에서 놀 때에 바람이 삽연이 불어드니 왕이 말하되 쾌재차풍(快哉此風)이라고 했음. 송
나라 왕이 아뢰되, '이것은 대왕의 웅풍(雄風)입니다 했다'고 함.
3 중이 묵좌해서 한 편의 잡념도 일어나지 않음을 말함.

여(郭璵)는 모두 기사(奇士)이다. 젊어서부터 문장으로 서로 사귀어 신교(神交)라 하였다. 공이 일찍이 좌사의 집에 찾아갔는데 청담(淸談)이 재미있어 날이 저무는 것도 몰랐다. 조금 있다가 달이 나오고 구름이 걷히매 푸른 하늘이 물 같았다. 같이 남루(南樓)에 올라가서 술을 마시고 운을 정하여 각각 1연을 지었다. 이가 얼른 부르기를,

　장한 기운은 가만히 하늘 바깥 칼에서 나고,
　웅(雄)한 지모(智謀)는 가만히 장막 속 수가지[籌]를 굴리도다.

하였다. 곽은,

　좌중이 빙설 같은 삼신산(三神山) 손님이요,
　저울대 위의 눈 만호후(萬戶侯)[4]로다.

하였다. 그 다음 차례에 황원(黃元)이 말하기를, '삼자(三子)의 지은 것과 다르다' 하고 드디어 가득한 술잔을 들고 낭랑히 읊었다.

　날이 저무니 새소리가 푸른 나무에 감춰지고,
　달이 밝으니 사람의 말이 고루(高樓)에 오르네.

---

4 식객이 만 호가 되는 제후.

하였다. 두 공이 저도 모르게 무릎을 꿇고, '비록 고인(古人)에 비할
지라도 얼마나 멀겠느냐' 하고 드디어 파하였다.

　내 친구 이담지(李湛之)는 곧 좌사의 내손이다. 내가 일찍이 그의
수필을 보니 취묵(醉墨)이 완연하여 참으로 가보였다.

　창화공(昌華公) 이자연(李子淵)이 남송(南宋)에 사신으로 가셨을
때, 윤주(潤州)¹ 감로사(甘露寺)에 올라가서 강산의 좋은 경치를 사랑
하여 따라간 뱃사공에게 일러 말하기를,

　" '너는 이 산천 누각의 형세를 자세히 살펴보고 털끝만큼도 틀림
이 없이 가슴속에 새겨 두어라' 하니 사공이, '명령대로 하겠나이다'
하였다. 환조(還朝)한 뒤에 사공과 약속하기를 대개 천지간에 무릇
형체가 있는 것은 서로 비슷한 것이 있지 아니한 것이 없으므로 소상
강(瀟湘江) 가에 구산(九山)이 서로 비슷한 것이 있어 길 가는 사람들
이 의심하게 되었고〔九疑山〕, 황하의 흐르는 물이 아홉 번 굽이치는데
남해에는 아홉 번 꺾인 물굽이가 있으니, 이것으로 보건대 산형(山
形) 수세(水勢)의 서로 타고난 것이 사람의 면목과 같아서 천만 가지
가 다를지라도 그중에 반드시 비슷한 것이 있거든 하물며 우리나라
는 봉래산(蓬萊山)에 가기가 멀지 않아서 산천이 많고 빼어나기 중국
보다 나은 것이 만 배나 되니, 그 형세가 어찌 경구(京口)²와 서로 비
슷한 것이 없겠느냐. 너희는 마땅히 한 조각배와 짧은 돛배로써 떠돌
아다니어 물오리와 서로 부침(浮沈)하여 아무리 그윽한 곳이나 먼 곳

---

1 강소성 단대현.
2 윤주를 가리키는데, 윤주 성동에 경현산이 있음.

이라도 찾아가서 나를 위하여 알아오되, 마땅히 10년을 기약하고 바쁘게 서둘지 말아야 할 것이다."

하였다. 사공은 그렇게 하기로 하고 무릇 6년이 지난 뒤에 비로소 서울 서호 가에서 그런 땅을 찾아가지고 빨리 공에게 보고하기를, '이미 그런 땅을 얻었습니다. 하루 동안이면 왕래할 만하오니 한번 가보심이 좋을까 합니다' 하였다. 드디어 함께 그곳에 등림(登臨)하자, 기쁨이 형용에 나타나며, '중국 감로사(甘露寺)가 비록 기이하고 아름다움이 비할 데 없으나 다만 누각의 웅장함과 단청의 장식이 특히 승할 따름이다. 천생지작(天生地作)의 자연한 형세에 이르러서는 이와의 거리가 참으로 구우(九牛)에 한 터럭이로다' 하고 곧 돈과 비단을 들여서 재목과 기와를 갖추어 무릇 누각과 지대(池臺)의 제도는 한결같이 중국 감로사를 모방하였다. 일을 마침에 이르러 편액(扁額)에 제(題)하기를 또한 감로라 하였다.

지휘하고 계획함과 경영함이 이미 마땅하게 되었으니 만 가지 경치가 채찍질하지 않고도 절로 이르러 왔다. 뒤에 시승(詩僧) 혜소(惠素)[3]가 처음 시를 짓고 또 시중 김부식이 끝을 맺으니 듣는 사람들의 화답한 것이 기천여편(幾千餘篇)이었으므로 드디어 큰 시집을 만들었다.

봉성(鳳城)[4] 북동(北洞)에 있는 안화사(安和寺)는 본시 예종(睿宗)이

---

3 고려 대각국사의 제사. 인종 때의 고승으로, 내외의 경전에 널리 통달하고 더욱 시에 능하고 글씨에 교묘했음.
4 서울의 별칭.

창설한 것이다. 대개 예종은 신성하고 지극한 덕으로써 송을 섬겨 예의에 어그러짐이 없었으므로, 현효(顯孝) 황제(皇帝)가 포상(褒賞)을 후하게 하고 따로 법서와 명화 및 진기한 물품을 하사한 것이 그 수가 이루 헤아릴 수 없었다. 이 절을 창설하였다는 소문을 듣고 특히 사자를 시켜 재목과 불상을 보내어 어필(御筆)로 쓴 전액(殿額)을 채경(蔡京)[1]에 명하여 문에 걸게 하니 그 단청 건축의 교묘함은 해동(海東)에 으뜸이었다.

절 문을 나와 어화원(御花園)에 이르기까지는 거의 6, 7리인데 붉은 벼랑과 푸른 산이 옆으로 펼쳐 있고, 시내는 돌길을 끼고 흘러서 마치 패옥(佩玉)을 울림과 같았다. 네 군데에는 다만 소나무와 잣나무가 하늘을 찌를 듯하여 성하(盛夏)라도 항상 이른 가을과 같고 찾아오는 사람들이 그림 병풍 속에 있는 것과 같아서 세상에서 연하동(烟霞洞) 신선이 사는 곳이라 일렀다. 전에 상국(相國) 언이(諺頤)가 여기에서 재숙(齋宿)할 때 꿈에 학사 호종단(胡宗旦)이 편주(片舟)를 타고 와서 자취문(紫翠門)에서 만나고 절구 한 수를 지어 이르기를,

오색구름 깊은 곳에 내 고장이니,
연하(烟霞) 낀 누대(樓臺)에 일월(日月) 길도다.
돌이켜 옛날 사귀어 놀던 벗을 생각하니,
지금에는 꿈속에서 허덕이나.

---

1 송나라 선유사. 자는 원장. 휘종 때 좌복야중서시랑. 서법에 능함. 여기서 선유사는 임금의 명으로 백성을 훈유하는 임시 벼슬을 말함.

하였다. 절에는 자취문이 있다.

경성(京城) 동쪽에 있는 천수사(天壽寺)는 도문(都門)에서 100보쯤 떨어졌는데, 인연 있는 봉우리는 뒤에서 일어나고 편편한 냇물은 앞에 쏟아지며 야계(野桂) 수백 주가 길가에 그늘을 이루고 있어 강남에서 서울로 오는 사람은 반드시 그 밑에 쉬었으므로 수레바퀴 말굽 소리가 어지럽고, 어부의 노래 소리와 초동(樵童)의 피리 소리가 그치지 않았고 붉고 푸른 누각은 소나무 전나무 구름 안개 사이에 반만이나 드러났다. 왕손(王孫) 공자(公子)들이 미녀와 음악을 이끌고 영접하고 전송할 때 반드시 절 문에서 하였다.

옛날 예종 때에 화원(畵員) 이영(李寧)이 산수(山水)를 더욱 잘하였는데, 그곳을 그림으로 그려서 송나라 상인에게 주었더니, 그 뒤 임금이 송나라 상인에게 명화를 구하매 그 그림을 바쳤다. 임금이 여러 화원(畵員) 불러 이것을 보이니 이영이 나아가 가로되 '이것은 신(臣)이 그린 천수사(天壽寺) 남문도(南門圖)입니다' 하였다. 배장(背裝)한 것을 뜯고 보니 제지(題誌)한 것이 매우 자세하므로 그때에야 그가 명화(名畵)인 것을 알게 되었다.

신종(神宗) 7년[2] 무렵에 내가 맹성(孟城)[3]에 원이 되어 나가 있을 때 나의 아들 아대(阿大)가 진동(珍洞)에 부임하게 되었다. 내 친구 이담지(李湛之)가 함자진(咸子眞)에게 말하기를, '이옥당(李玉堂)의 아들

2 1204년.
3 평안도 맹산을 말함.

이 남쪽 고을에 원으로 가게 되었는데, 그의 아버지는 멀리 맹성에 있으니 우리 두 사람이 가서 전송하세' 하고는 각각 자기 아들을 데리고 천수사(天壽寺) 서봉(西峯)에 이르러 땅에 풀을 깔고 앉아서 이별의 술이 8, 9 순배 돈 뒤에 자진(子眞)이 그의 아들 범랑(梵郞)을 불러 이별하는 시를 지으라 하니 곧 짓기를, '가는 길에 단풍나무가 우뚝우뚝 섰고' 하였다. 아대(阿大)가 거기에 계속하기를, '고국의 푸른 산은 점점이 멀어지네' 하고는 해가 기울어질 무렵에 섭섭하게 파하였다.

아대가 부임하자 시말을 자세하게 서술하여 천리의 맹성에 부쳤다. 내가 편지를 뜯어 보았는데 웃음이 절로 나왔다. 집안 종들과 고을 아전들도 기뻐 날뛰어 유쾌하게 여기지 않은 이가 없었다. 서울 산천의 모습과 친구들의 웃으며, 이야기하는 것과 작별하는 자리에서 술잔이 왔다갔다 한 것이 역력히 내 눈앞에 환하여 나그네의 시름이 끓는 물에 눈이 녹는 것 같아서 수염과 귀밑털이 한 두 개 도로 검어지는 것이 있는 듯하였다. 드디어 월일(月日)을 써서 기쁨을 기념해 둔다.

서도(西都)에 있는 영명사(永明寺)의 남헌(南軒)은 천하의 절경이니 본시 흥상인(興上人)이 창건한 것이다. 남으로는 큰 강에 임하였는데 강 밖으로는 너른 들이 아득하여 그 끝을 볼 수 없고 오직 동쪽에 멀리 보이는 묏부리가 있는 듯 없는 듯 출몰하였다. 옛날에 예종(睿宗)이 서경(西京)에 순행하여 여러 신하들과 연회를 열고 창수(唱酬)한 시편이 많았는데 금석(金石)에 새기고 사죽(絲竹)¹에 올려 악부(樂府)로 전하였다. 우리 선조(先祖) 평장사(評章事) 이오(李䫨)가 마침 옥당에 있었는데 임금을 모시고 등림(登臨)하였다.

남헌(南軒)을 부벽요(浮碧寮)라고 시를 지어 시말을 상세하게 서술케 하니 산천의 기세가 중국의 척서정(滌暑亭)과 서로 갑을(甲乙)을 다툴 만하나 수려(秀麗)함은 그보다도 나았다. 학사 김황원(金黃元)이 서경(西京)에 임관되어 가서 그 위에 올라가 아전에게 명하여, 고금의 여러 명사들의 시판(詩板)을 모두 불사르게 하고, 난간에 의지하여 마음대로 시를 지어 읊조리다 해가 기울 때까지 이르렀는데, 그 읊은 소리는 심히 괴로워 마치 달 아래 울부짖는 원숭이와 같았다.

다만 일언만을 얻으니, '장성(長城) 일면(一面)에는 용용(溶溶)한 물이요, 큰 들 동쪽에는 점점이 산이로다' 하고는 시상이 갈진(渴盡)하여 다시 말을 만들지 못하고 통곡하면서 내려왔다가 여러 날 뒤에야 채워서 한 편을 이루었으니 지금에 이르기까지 절창이라 한다. 당시의 사람들이 이르기를, '옛날에 송옥(宋玉)²이 추기(秋氣)를 슬퍼하였다고 들었더니 지금에는 황원이 석양(夕陽)에 통곡함을 보겠도다' 하였다.

문창공(文昌公) 최치원은 자가 고운(孤雲)이니 빈공(賓貢)으로 당나라에서 급제하여 고병(高駢)의 막부(幕府)에 벼슬하였다. 당시 천

파한집

---

1 음악의 총칭.
2 〈비추부〉를 지은 문사.

하가 어지러웠는데 격문(檄文) 등의 글이 모두 그의 손에서 나왔다. 고국으로 돌아올 때에, 동년(同年) 고운(顧雲)이 〈고운편(顧雲篇)〉을 지어 그를 전송하니, '바람을 인하여 바다 위를 떠나 달을 동반하여 인간에 이르도다. 배회하다가 머무를 수 없어서 멀리 또 동쪽으로 돌아가네' 하였다. 공이 또한 자서(自敍)하기를 '무협중봉(巫峽重峰)의 해에 가느다란 실(絲)로 중화에 들어갔다가 은하열수(銀河列宿)의 해에 비단옷으로 고국에 돌아왔네' 하였다. 공이 미리 우리 태조가 등극할 줄 알고 글을 올려 통하였으나 벼슬에 뜻이 없어 가야산(伽倻山)에 숨었다가. 하루아침에 일찍 일어나 문을 나간 뒤에는 간 곳을 알지 못하고 관과 신이 수풀 사이에 내버려졌으니 아마 신선이 되어 간 것이다.

절의 중이 해마다 그날로써 명복을 빈다. 공은 구름 같은 수염과 옥같은 뺨에 흰 구름이 항상 그 위를 덮었으며 초상을 그려 독서당(讀書堂)에 걸어 두었는데 지금까지 남아 있다. 독서당에서 등구의 무릉루(武陵樓)에 이르기까지는 거의 10리나 되는데 붉은 벼랑 푸른 재에 소나무 전나무가 울창하고 바람 소리 물소리가 서로 부딪쳐 자연히 금석(金石)의 소리가 있었다. 공(公)이 일찍이 절구 한 수를 썼는데, 취묵(醉墨)[1] 표일(飄逸)하여 지나가는 사람들이 이를 가리켜 최공제(崔公題) 시석(詩石)이라 하였다. 그 시에 이르기를,

---

1 술에 취해 지은 글을 말함.

첩첩한 돌에 미친 듯 뿜어내어 겹겹의 묏부리를 울리니,

지척 사이에서도 사람의 말을 분간키 어렵도다.

항상 시비하는 소리가 귀에 들어올까 두려워하여,

짐짓 유수(流水)로 하여금 온 산을 둘렀다.

김유신(金庾信)은 계림(鷄林) 사람이니 그의 사업이 국사에 빛나게 실려 있다. 아이 때에 모부인(母夫人)이 날로 엄하게 훈계하여 망령되이 교유치 못하게 하였다.

하루는 우연히 기생 집에서 잤더니, 그 어머니가 책하기를, '내가 이미 늙었고 주야로 네가 성장하여 공명을 세워서 임금과 어버이를 위하여 영광스럽게 하기를 바랐더니 이제 네가 불량한 무리[屠沽]들과 어울리어 음방(姪放)과 주사(酒肆)에서 유희한다는 말이냐' 하고 꾸짖기를 마지않았다. 그는 곧 어머니 앞에서 맹세하고는 다시는 그 기생집 문 앞을 지나가지 않았다.

술이 취하여 집으로 돌아오는데 말이 전에 다니던 길을 따라 기생집에 이르렀더니 기생이 한편으로는 기뻐하며, 한편으로는 원망하고 눈물을 흘리면서 나와 맞이하였다. 공이 얼른 깨달아 타던 말의 목을 베고 안장을 버린 채 돌아오니 그 기녀(妓女)가 원사(怨詞)한 곡조를 지어 전한다. 동도(東都)에 있는 천관사(天官寺)는 곧 그의 집이었다. 상국(相國) 이공승(李公升)이 동도에 관기(管記)로 부임하여 천관사에 대해 시를 짓기를,

절 이름 천관은 옛날에 연유가 있으리니,

홀연히 그 시초를 듣고 크게 슬퍼지는도다.

정겨운 공자(公子)가 꽃 밑에서 놀고,

한을 품은 가인(佳人)이 말 앞에서 울었네.

홍엽〔紅鬣馬〕은 정이 있어 도리어 길을 아는데,

창두(蒼頭)[1]는 무슨 죄로 부질없이 채찍질하였던고.

다만 남은 한 곡조 그 가사만 오묘하니,

달〔蟾兎〕동면(同眠) 만고에 전하네.

하였다. 천관은 곧 기녀(妓女)의 이름이다.

명종(明宗) 때에 대숙(大叔) 승통(僧統) 요일(寥一)이 대궐에 드나들
되 좌우가 묻지 않기를 20여 년이었다. 일찍이 물러가기를 청하는 시
를 지어 진정(進呈)하였는데,

오경(五更)에 쇠잔한 꿈을 산사에 붙였는데,

10년 동안 자금(紫禁)[2]에서 배회하네.

새벽 차〔茗茗〕는 가는데 난봉(鸞鳳)의 그림자를 머금었고,

기이한 향(香)은 새로이 자고(鷓鴣)[3]의 반열에 풍기네.

---

1 하인. 여기서는 마부인 듯함.

2 별의 자미탄(紫薇坦)으로서 제거(帝居)에 비하므로 궁금(宮禁)을 일컬어 자금이라고 함.

3 자고새. 중국 남방산으로 꿩과에 속함.

스스로 여윈 두루미가 하늘〔丹漢〕에 날아 있음이 가련하고,

오래도록 한원(寒猿)으로 하여금 푸른 산에서 원망케 하였네.

원컨대 여생을 옛 숨었던 곳으로 돌아가,

바위에 걸린 백운(白雲)으로 하여금 덧없지 않게 하소서.

하니 왕이 크게 칭찬하며, 사(師)⁴에게 이르기를,

"옛사람의 시에, '청여장(靑藜杖) 짚고 일찍 돌아가는 것을 의심치 말라, 고산(故山)에 시냇가의 구름을 덧없게 만들도다' 하였으니 그가 먼저 사의 기취(奇趣)를 얻었다 하겠도다."

하고 인하여 그 시에 화답하여 하사하기를,

조사(祖師)의 불법(佛法)이 기관(機關)을 만드나니, 곧 진공(眞空)을 깨닫는 것은 일순간이로다.

고요히 앉았을 때는 향로(香爐)에 침향(沈香) 조각을 더 넣고,

손을 맞을 적에는 지팡이가 붉은 이끼의 아롱진 것을 깨뜨리도다.

경론(經論)을 가지고 승도(僧徒)에게 전하고,

행장(行藏)으로서 구산(舊山)을 생각지 말지어다.

저녁에 경쇠〔磬〕칠 때와 새벽에 향(香)을 피울 적에 예불(禮佛)과 염불을 부지런히 하여,

원컨대 우속(愚俗)으로 하여금 안한(安閑)토록 할지어다.

---

4 승통 요일.

하였다. 고금을 내리 살펴보건대 명승(名僧)들이 임금의 총애를 받아 편장(篇章)을 하사한 것이 많으나, 특히 그 시에 차운(次韻)하고 그 뜻을 서술하기를 이와 같이 간곡하고 친필이 날고 움직이는 것 같고, 난조와 사향(麝香)의 향기가 풍기는 듯하여 의관을 정제하고 꿇어앉아 읽으며, 천일(天日)을 구름 밖에서 보는 것 같아서 상서로운 광채가 찬란하게 눈에 넘쳐서 진실로 우러러볼 만하였다.

계림(鷄林)의 옛 풍속과 남자의 풍채가 아름다운 자를 골라 주취(珠翠)로써 이를 장식하여 화랑이라 하였다. 나랏사람이 모두 이를 받들어 그 무리가 3천 여 명에 이르렀는데 원(原)·상(嘗)·춘(春)·능(陵)이 무리를 양성한 것과 같아서 그중에서 재능을 나타내어 뛰어난 사람은 조정에 벼슬시켰는데, 그중에 사선(四仙)의 문도(門徒)가 가장 번성하여 비를 세우기까지 하였다. 우리 태조께서 등극하매 그것을 옛 나라의 유풍이라 하여 아직 없어지지 않았다.

겨울에 팔관회(八關會)를 베풀어 양가자(良家子)네 사람을 뽑아서 예의(霓衣)를 입혀 열을 지어 뜰에서 춤추게 하였다. 대제(待制) 곽동순(郭東珣)이 대신 하표(賀表)를 지어 이르기를, '복희씨(伏羲氏)가 천하에 임금이 된 뒤로부터 태조의 삼한(三韓)을 통일한 것보다 높은 이가 없고 아득히 고사산(姑射山)에 신인(神人)이 있으니 완연히 월성(月城)의 사선(四仙)이로다' 하였다. 또 이르기를, '도화(桃花) 유수가 아득히 흘러가니 비록 신선의 자취는 찾기 어려우나 옛집의 끼친 풍속이 오히려 남아 있으니 하늘이 망치지 않았음을 믿겠도다' 하였다. 또 이르기를, '요(堯)의 뜰이 아니로되, 백수솔무(百獸率舞)'의 열에 나아갔고 주(周)나라 선비들은 모두 소자유조(小子有造)[2]의 장(章)을 노래하도다' 하였다.

　동순(東珣)[3]은 곽처사(郭處士)의 조카인데 젊어서 재명(才名)이 있었다. 당시에 처사가 대궐 안에 있는 산호정(山呼亭)에서 거처하였는데 동순이 가서 뵙고 조용히 청담(淸談)하다가 마침 날이 저물어 유숙하게 되었다. 밤이 깊어 달빛이 밝으므로 임금이 걸어서 산호정에 이르니, 처사(處士)가 동순에게 명하여 나와서 절하게 하였다. 임금이,

　"이는 누군고?"

하였다.

　"신의 아들 아무개이온데 오래 보지 못하다가 오늘 마침 와서 적조(積阻)하였던 회포를 풀다가 돌아가려 할 때에 궁문(宮門)이 잠겨졌으므로 죽을죄를 지었나이다."

하였다. 임금이,

　"짐(朕)도 또한 이름을 들은 지는 오래다."

하니 처사가 임금께 헌수(獻壽)하고 시 한 구(句)를 부르기를,

　"달빛이 유난히 천자(天子)의 자리를 찾는데."

하고 동순에게 명하여 이를 계속하게 하니 곧 꿇어앉아 아뢰기를,

　"이슬은 또 시신(侍臣)의 옷을 적시도다."

하였다. 임금이 크게 칭찬하여,

파
한
집

---

1 여러 짐승이 음률의 곡조에 감동해서 춤추는 것.《서경》에 '於予擊石拊石 白獸率舞'라고 했음.

2 〈대아사제〉라는 시에 '肆成人有德 小子有造'라고 했음.

3 고려 인종 때의 사람.

"재주가 이와 같으니 당명황(唐明皇)¹일지라도 어찌 차마 내치겠
느냐."
하고 이날 밤에 금문(金門)에 숙직(宿直)시켰다.

예종(睿宗)이 더욱 유생(儒生)을 귀중하게 여겨 격년(隔年)으로 친
히 현량(賢良)을 뽑는데, 바친 시권(試卷)을 먼저 열람하여 그 재주를
살폈다.

과거 보는 사람 고효충(高孝冲)은 명사인데 사무익(四無益) 시(詩)
를 지어 임금의 잘못을 말하니, 성군(聖君)이라 할지라도 노하지 않
을 수 없으므로 과장(科場)을 열 적에 시신(侍臣) 임경청(林敬淸)에게
명하여 시장(試場)에 나아가서 고효충을 내치고 난 뒤에 제목을 내걸
게 하였다.

학사(學士) 호종단(胡宗旦)이 대궐에 나아가 소(疏)를 올려 그 죄를
풀어 주게 하였으므로 뒤에 다시 과거에 응하여 시권을 춘관(春官)에
게 바치니, 그 첫머리에 쓰기를,

권중(卷中)의 시부론(試賦論)에게 말하노니,
그대와의 이별은 명춘(明春)에 있을 것이로다.
너는 비각(秘閣)²의 천 년 보물(寶物)이 될 것이요,

---

1 당나라 명왕 때 왕유가 금중(禁中)에 입직하면서 맹호연을 불러 놀다가 창졸에 명황이 이르매 맹호연은 상 밑에 숨었
 음. 명황이 불러내어 시를 외게 했더니, '不才明主棄 多病故人疏'라고 했음. 이에 명황이 '卿不求我 我豈棄卿'이라
 하고 드디어 방환(放還)했음.
2 송나라 역사서인 《예문지》에 태종이 삼관서 만여 권을 나누어 따로 서고를 만들고 이를 비각이라고 했음.

나는 청운(靑雲)의 첫째가는 사람이 될 것이로다.

하였다.

과연 장원으로 뽑혀 간원(諫院)에 벼슬하여 곧은 말을 하여 간신(諫臣)의 풍도(風度)가 있었는데, 이르는 곳마다 사람들이 모두 그를 가리켜 '이는 일찍이 사무익 시를 지은 사람이다' 하였다.

사자(士子) 박원개(朴元凱)는 어려서부터 총민(聰敏)하여 무리에 뛰어났으므로 나이 겨우 열 한 살 때 계사(啓事)를 지어 상국(相國) 최윤의(崔允儀)에게 올려 아버지를 벼슬에 써 주기를 청하였는데, '한 사람이 은택(恩澤)을 입지 못한 이가 있으니 우리 아버지요, 만물로 하여금 다 잘되게 하는 것은 실로 오직 공에게 있을 따름입니다' 하였다. 상국이 이 글을 읽고 대작(代作)임을 의심하여 면접해서 시험하고자 하여, '이제 내가 차 한 잔을 마시고자 하니 다 마시기 전에 너는 뜰에 핀 작약을 두고 시를 짓되 운자(韻字)는 향(香)과 왕(王)을 달아라' 하였다. 곧 그 말에 응하여,

작약은 봄빛을 머물러 난간 앞에서 특이한 향기를 토하도다.
모란이 만약 옆에 있다면 응당 백화의 왕이 된 것을
부끄럽게 여기라.

하였다. 상국이 놀라 감탄하여,

"반드시 후생의 영수(領袖)가 되리로다."

하였다. 자라서 진사시(進士試)에 응시하였는데 그 제목은 '나라라는 것은 지극히 공정한 그릇이다'라는 시였다. 이에 시를 짓되 '요(堯)와 순(舜)은 아들에게 전하기 어려웠고, 상(商)과 주(周)는 공(功)으로써 얻었도다'하였다. 고사를 인용한 그 정묘함이 이와 같았으므로 과연 급제하여 한때 이름난 사람이 되었다.

시인들이 시를 지을 때에 고사를 많이 사용하는 것을 점귀부(點鬼簿)라 하고, 이상은(李商隱)은 고사를 사용한 것이 험벽(險僻)하다 하여 후세에 이 유파를 서곤체(西崑體)라 하니 이것은 모두 문장의 한 병폐이다. 근자에 소동파(蘇東坡)·황산곡(黃山谷)¹이 우뚝 일어나서 그 법을 따라하면서도 말은 더욱 교묘하여 아주 조작한 흔적이 없으니 청어람(青於藍)²이라 하겠다. 동파의,

고래를 타고〔騎鯨客〕³ 한만(汗漫)⁴에서 노닌다는 말을 들었더니,
일찍이 이를 만지면서〔捫風〕⁵ 비애(悲哀)와 신고(辛苦)를
이야기하던 것을 생각하도다.
긴 밤에 집을 생각하니 어느 곳에 있느뇨.

---

1 송나라 때의 문장대가 황정견.
2 《순자》에 청(靑)은 남(藍) 쪽에서 취했으니 쪽보다 푸름. 즉 제자가 스승보다 뛰어남을 말함.
3 당나라 이백이 스스로 해상기경객(海上騎鯨客)이라고 했음.
4 《도서실감》에 '동우가 어룡해수를 잘 그려 그것이 흉용하고 난번하여 지척도 한만(汗漫)하매 그 애사(涯涘)를 알지 못하겠다'고 했음. 즉 헤아릴 수 없는 대양.
5 진(晉)나라 환온이 대궐에 들어가니 왕맹이 갈(褐)을 입고 예궐해서 이를 어루만지면서 방약무인(旁若無人)이라고 했음.

늘그막에 네가 멀리서 찾아온 정을 알겠도다.

함과 같은 것은 그 구법(句法)이 마치 조화가 생성한 것 같아서 이를 읽는 사람이 무슨 고사를 이용하였는지 알지 못하게 된다. 황산곡의 시에,

말이 맛이 적은 것은 아도(阿堵)가 없기 때문이요,
빙설(氷雪)로 서로 보는 이는 다만 차군(此君)이로다.
눈으로는 인정이 격오(格五)[6]와 같은 것을 보고,
마음은 세사(世事)가 조삼(朝三)[7]과 같은 것을 알았도다.

라 한 것들도 다 이와 같은 것이다. 내 친구 기지(耆之)도 또한 그 묘리(妙理)를 얻었으니,

세월은 여러 번 양의 창자가 익은 것을[羊胖熟][8] 놀라고,
시인[風騷][9]들은 다시 학의 하늘 추운 때에 모였도다.
뱃속에는 일찍이 정신이 가득한 것을 알겠고,
가슴 속에는 아주 비루함이 생(生)하는 것이 없도다.

---

6 한서《오구수왕전》에 '年少以善格五 召待詔'라고 했음.
7 조삼모사. 《장자》에 '조삼이모사(朝三而暮四)라 하니 모두 기뻐했다'라고 했음. 즉 남을 속이는 것을 말함.
8 당나라 서적인《회흘전》에 '골리간은 한해(瀚海)에 처했고, 또 북쪽의 바다 너머에는 주장야단(晝長夜短)해서 해지기부터 양갑을 구워 익히니 동방이 밝았다'라고 했음. 시간이 짧고 빠름을 뜻함.
9 풍은 풍아, 소는 이소로서 모두 문체의 이름이므로 시문지사(詩文之事)를 가리킴

함과 같은 것은 모두 사람의 입에 전파되었으니 참으로 옛사람에게 부끄럽지 않다.

내가 아이 때에 서울 북쪽에 있는 천마산(天磨山)에 올라 가서 샅샅이 기이한 경치를 찾아내었다. 어떤 절의 벽에 시를 쓴 것을 보았는데 그 시에,

이 누가 천마령(天磨嶺)이라 이름하였나,
공중에 치솟아 푸른 빛이 떴네.
하늘과 떨어진 것이 겨우 한 줌쯤 되는데,
달이 걸려 있는지 몇몇 해나 되었나.
길이 험하여 원숭이 팔이 매달렸고,
벼랑이 비뜰어졌음에 학이 머리를 기울이네.

하였고 그 밑의 두 구(句)는 흐려져서 읽을 수가 없었다. 지은 이의 이름이 없었으나 이는 반드시 암곡간(岩谷間)에 세상을 피하여 도를 닦은 사람의 지은 것임에 틀림없으니 그 말이 맑으면서도 궁상맞았다.

남쪽 고을에 색예(色藝)가 모두 뛰어난 기생이 있었다.
어떤 군수가 있었는데 그 이름은 잊어버렸다. 그가 기생에게 대단히 정을 두었더니 임기가 차서 장차 돌아가려 한 적에 홀연히 크게 술이 취하여 옆에 있는 사람에게 일러 말하기를, '만약 내가 고을을 떠

90

나 두어 걸음만 가면 이것이 곧 다른 사람의 소유가 될 것이다' 하고
즉시 촛불로써 그의 두 볼을 지지어 성한 데가 없게 하였다. 뒤에 정
습명(鄭襲明)이 안렴사(按廉使)로 왔다가 그 기생을 보고 불쌍히 여겨
한 폭의 비단에다 손수 절구 한 수를 적어 주니 그 시에 이르기를,

> 여러 떨기 꽃 속에 어여쁜 모양,
> 홀연히 미친 바람에 휩쓸려,
> 붉은 빛을 감하였도다.
> 달수(獺髓)[1]로 옥 같은 불을 고칠 수 없으니,
> 오릉(五陵)의 공자(公子)[2]들의 한이 끝이 없도다.

하였다. 인하여 부탁하되, '만약 사신이 지나가거든 이 시(詩)를 내어
보이라' 하였다. 기생이 그의 시킨 대로 하였더니 보는 사람마다 돈
을 주어 아끼지 않아 이 일을 정공(鄭公)에게 돌리고자 하였다. 그로
인하여 이익을 보아 처음보다 갑절이나 부자가 되었다.
　황공(黃公) 순익(純益)은 기재(奇才)가 있었는데 젊어서 태학(太學)
에서 독서할 때에 입이 마르는 것을 걱정하여 남에게서 건차(建茶)를
구해 얻고 사례하는 글을 지어 주기를,

---

1 수달의 뼈 속에 있는 기름. 습유기에 손화가 수정여의를 춤추다가 잘못해서 등부인의 뺨에 상처를 냈는데, 의원이 가
　로되, '백달수를 얻어 옥과 호박설을 섞어 바르면 흔적이 없어지리라'고 했음. 소식 때에 '玉頰何勞獺髓醫'라고 했음.
2 장안오릉(長安五陵)의 기절(氣節) 있는 자라고 해서 요즘 부호의 자제를 가리킴.

맹간의(孟諫議)가 노동(盧仝)에게 차를 기증하매, 습습한 맑은
바람이 두 겨드랑이에서 나오는 듯하고,
왕상국(王相國)이 평보(平甫)에게 차를 기증(寄贈)하매,
단단(團團)한 푸른 달이 구만리(九萬里) 장천(長天)에서 떨어지는
듯하도다.

또 남이 학(鶴)을 두고 읊은 시에 화답하여 이르기를,

길바닥의 이끼를 밟아 깨뜨리니 소나무 같은 다리가 튼튼하고,
뜰에 비치는 달빛에 너울너울 춤을 추니 눈같이 흰 옷이 서늘하네.

하였으니 그의 준일(俊逸)함이 이와 같으므로 선비들이 다 경외(敬
畏)하였다. 일찍 추부(樞府) 김존중(金存中)을 뵈러 갔는데 마침 송이
버섯을 바친 사람이 있어 상국(相國)이 이것을 두고 시 짓기를 청하
니 그 자리에서 곧 써서 이르기를,

어제 밤에 식지(食指)[1]가 움직이더니,
오늘 아침에 기이한 맛을 맛보도다.
본시 배루(培塿)[2]에서 나는 바탕은 아니다.
오히려 복령(茯笭)의 향기가 있네.

---

1 송나라 자공이 식지(食指)가 움직이면 반드시 별미를 얻어먹었다는 고사.
2 조그마한 언덕. 《좌전》에 '培塿無松栢'이라고 했음.

하였다. 그는 술을 좋아하여 조금도 검속(檢束) 함이 없으므로 말직(末職)에서 저회(低徊)하여 오랫동안 승진하지 못하였다. 홀연히 어떤 날 저녁에 날씨가 추워서 술을 많이 마시고 의자에 기대어 잤는데, 그 이웃 사람이 꿈에 선생이 흰 일산(日傘)을 받고 백두산 옛집으로 돌아간다 하는 것을 보고 새벽이 되어 찾아가니 이미 돌아갔으므로 세상에서 백두정(白頭精)이라 불렀다.

파한집

임기지(林耆之)가 사방에 돌아다니다가 성산군(星山郡)에 손이 되어 머물 때 군수(郡守)가 그 이름을 익혀 두었으므로 기생 하나를 보내어 잠자리에 모시게 하였더니 밤에 도망해 버렸다. 기지가 섭섭하여 시를 짓기를,

누(樓)에 올랐으나 퉁소를 부는 짝[3]이 되지 못하였고,
달 가운데에 달아나매 속절없이 약을 훔치는 선녀[4]가 되었네.
관장(官長)의 엄한 호령을 두려워하지 않고,
부질없이 나그네의 나쁜 인연을 성내었네.

하였으니 그의 고사를 인용한 것이 매우 정밀하므로 고인이 말한 바, '금실로써 수를 놓았으나 조금도 흔적(痕迹)이 없다'고 한 것이 이런

《열선전》에 '소사가 퉁소를 잘 불어서 봉 우는 소리를 냈음. 진목공이 딸 농옥을 아내로 주자 농옥에게 퉁소를 가르쳐 뒤에 농옥은 봉을 타고 소사는 용을 타고서 하늘로 올라갔다'고 함.

《회남자》에 '예가 불사약을 서왕모에게 얻어 두었는데 그 아내 항아가 훔쳐 가지고 월궁으로 달아났다'고 함.

것이다.

백운자(白雲子) 신준(神駿)이 신호문(神虎門)[1]에 괘관(掛冠)하고 공주(公州) 산장(山莊)에 은거하였는데 군수가 그의 아들을 보내어 수업(受業)케 한 지 여러 해였다. 서울에 과거 보러 갈 적에 신준이 절구(絶句)한 수를 지어 전송하였는데 다음과 같다.

신릉공자(信陵公子)가 정병(精兵)을 통솔하고,
멀리 한단(邯鄲)에 달려 대명(大名)을 세우려네.
천하 영웅이 모두 다 따라가건만,
가련하다 눈물 뿌리는 늙은 후영(侯嬴)[2]이여.

우리 선조가 대대로 문장으로써 계승하여 홍지(紅紙)를 서로 전한 것이 이미 8대나 되었다. 내가 재주는 없으면서 우연히 많은 선비의 선두(先頭)에 급제하였으며, 장자(長子) 정(程)은 제사위(第四位)로, 차자(次子) 양(讓)을 제삼위(第三位)로, 삼자(三子) 온(榲)은 제이위(第二位)로 우뚝하게 두각을 나타내고 과급(科級)도 높았으나 아직 장원에 뽑히어 아비와 같이 되지는 못하였다. 고양월사(高陽月師)가 시를 지어 축하하기를 다음과 같이 하였다.

---

1 신무문. 양도홍경이 의관을 신문에 걸고 사직한 고사와 《후한서》에 한나라 왕 망이 그 아들 우를 죽였는데 봉맹이 가로되, '삼강이 끊어졌다. 오래지 않아 화가 미칠 것이다' 하고 곧 관을 벗어 동도 성문에 걸고 가속을 데리고 바다에 들어갔다는 고사.

2 위나라의 은사. 나이 70에야 대양이문감이 되었더니, 신릉군이 상객으로 대접해서 그의 꾀로써 위병을 빼앗아 거느리고 한단으로 출병해서 진나라 군대를 물리치고 조나라를 구했음. 처음 신릉군이 출발할 적에 후영이 울면서 작별하되 '나는 늙어서 따라갈 수 없으니 공자께서 저곳에 도착하는 날짜를 헤아려 자결하겠다'라고 했음.

세 아들이 연주(聯珠)로 부풍(父風)을 이어받으니,

네 가지 선계(仙桂)가 한 집안에 있네.

해를 이어서 황금방(黃金榜)을 차지하였으나,

오히려 용두(龍頭)를 피하여 노옹(老翁)에게 사양하였네.

서울 서쪽 10리쯤 되는 곳에 편하게 흐르는 물결이 맑고 푸르러 밑
바닥이 보이며, 멀리 둘러 있는 묏부리들은 하늘과 맞닿은 듯하여 실
로 소동파·황산곡의 문집에서 이야기한 서흥(西興)[3]의 빼어난 기세
와 다름이 없었다. 사자(士子) 노영수(盧永綬)가 재주가 있었는데 어
느 날 해질 무렵에 일엽편주(一葉片舟)를 띄워 물을 따라 내려가서 호
숫가에 있는 절에서 자고자 하였는데 중류(中流)에서 길게 휘파람을
불다가 갑자기 깨달은 것이 있어, '바람이 소소함이여, 역수(易水)가
차도다. 외로운 배가 홀로이 가네' 하고 소리를 내어 읊었으나 이에
받아 주는 사람이 없음을 한(恨)하였더니 홀연히 갈대 사이 저녁노을
이 가려 어둑한 속에서 곧 이 소리에 응답하기를, '저녁노을이 침침하
고 초(楚)나라 하늘은 넓은데, 유자(遊子)는 어디로 가느뇨' 하였다.

노공(盧公)이 듣고 놀라 어쩔 줄 모르다가 '여기에는 반드시 사람
이 살지 않을 것이니 이는 반드시 신선일 것이다' 하고 노를 멈추고
떠나지 못하였다. 밤중에 이르러 사방을 돌아다보았으나 사람의 소
리는 없고 오직 지는 별, 이즈러진 달만이 그림자를 파도 사이에 던지

---

3 중국 절강성의 서릉.

고 있으므로 드디어 돌아왔다. 그 이튿날 서울에는 천선(天仙)이 서
호(西湖)에 내렸다고 떠들썩하게 소문이 전해졌다.

한 달쯤 지나서 들으니 급제 유수(柳脩)가 어주(漁舟)에서 기숙(寄
宿)하였다고 한다.

박군(朴君) 공습(公襲)은 빈한하게 살면서도 술을 좋아하였는데,
객이 찾아오매 마실 술이 없어 영통사(靈通寺) 중에게 술을 구하였더
니 불룩한 술통에 샘물을 담아서 단단히 봉하여 보냈다. 박공(朴公)
이 처음 보고 기뻐하여,

"이 그릇은 두 말쯤 들겠구나, 옛날에 진왕(陳王)은 한 말에 일천(一
千)이나 하는 좋은 술로 평락(平樂)에서 연회를 베풀었고, 두자미(杜
子美)도 또한, '모름지기 서로 나아가 말술을 마실 것이니 마침 삼백
청동전(靑銅錢)이 있네' 하였는데, 이제 우리 두 사람은 한 푼도 쓰지
않고 맛있는 술을 얻었으니 각각 한 말씩 마신다면 얼근한 흥이 옛사
람에 못지 아니하리로다."

하고 열어 보니 물이었다. 다 늙은 중의 계책에 빠져 속은 것을 한하
여 시를 지어 보내기를,

손이 찾아왔으나 주머니에 한푼 돈도 없도다.
내 분수에 여악주(廬岳酒)¹가 있어 부질없이 혜산천(惠山泉)을

---

1 여악은 중국 강서성 여산인데, 진(晉)나라의 고승 혜원이 거하면서 도연명이 찾아오면 술을 대접했다는 고사.

얻었도다.

범 같은 것은 수풀 속의 돌이요, 뱀 같은 것은 벽에 걸린 활이로다[2].
고기깐 문 앞에서 오히려 크게 입을 벌려〔似虎林中石〕[3] 씹었거든
하물며 술통을 대함에 있어서리요.

하였더니 중이 시를 보고 다시 미주(美酒)로 갚았다.

학사(學士) 팽조적(彭祖逖)이 책을 탐독하여 조그만 초가에 바람과
비가 사방으로 들이치고 나무를 잘 얻지 못하고 쌀을 구하기 어려우
나 항상 편안하게 여기었다.

문장을 짓는 데 있어서 반드시 출전(出典)이 있으므로 읽는 사람이
구절을 띄기 어려울 정도였다.

의종(毅宗) 말년에 상국(相國) 이광진(李光縉)이 겸공(謙恭)하고 근
신(謹愼)하여 환난(患難)을 당하지 않았다. 공이 한림원(翰林院)에 있
을 때 임금이 상국에게 내리는 글을 대신 지었는데, 그 글에 이르기를
'험조(險阻)하고 간난(艱難)한 것을 갖추어 경력(經歷)하였으니 위태
하였다 할 것이요, 온량(溫良)하고 공검(恭儉)함으로써 얻었으니 마
침내 허물이 없었도다' 하였다.

명종(明宗) 초년에 종백(宗伯) 한언국(韓彦國)이 새로 급제한 여러

---

2 진(晉)나라 때 책인(낙광전)에 '杯弓蛇影'이란 말이 있음. 즉 손(客)에게 광(廣)이 술을 대접하는데 술잔 속에 뱀이 있는
  것을 그대로 먹고 그것으로 인해 병이 생겼으므로 광이 그를 불러 전에 마시던 자리에서 술을 따라 놓고 벽상의 각궁
  을 지적하면서 이것이 잔 속에 비친 것이라고 설명해서 병을 쾌차하게 했다고 함.

3 《환담신론》에 '人聞長安樂 則出門向西而笑 知肉味美 對屠門而大嚼'이라고 했으니 선망(羨望)이 극에 이르나 불능
  실득(不能實得)함을 말함. 고기 파는 집 앞을 지나게 되면 입을 크게 벌려 씹는 시늉을 함. 즉 고기를 먹지 않고도 기분
  을 만족하게 하는 것을 비유한 것임.

유생(儒生)을 이끌고 자기의 은문(恩門) 최상국(崔相國)을 뵙고 시를 지어 사례하니 공이 그 시에 화답하여 그 서(序)에 이르기를, '군자인(君子人)에 군자가 계승하여 영재(英才)를 얻고 문생(門生) 밑에 문생(門生)이 함께 사례(謝禮)를 드리네' 하였다. 또 이르기를, '사자굴(獅子窟) 속에 사자는 한결같이 부르짖는 소리 같고 계지림(桂枝林) 밑에 계지는 두 가지 향기가 없도다' 하였으니 기험(奇險)함이 이와 같았다.

만년(晚年)에 더욱 불경(佛經)을 좋아하여 화엄사(華嚴師) 장관(壯觀)에게 법계관(法界觀)을 배우고 백운시(百韻詩)를 지어 사례하니 세상에서 조적(祖逖)의 보살송(菩薩頌)이라 불렀다.

학사(學士) 김황원(金黃元)이 대간(大諫)이 되어 자주 하는 말을 진술하였으나 임금의 마음을 돌이키지 못하여 성산(星山)의 원으로 갈 때에 길이 분행역(分行驛)으로 통하게 되어 마침 천원(天院) 이재(李載)가 남국(南國)에서 조정으로 돌아오는 것을 이 역에서 우연히 만나 시를 지어 증정하였다.

분행(分行) 누상(樓上)에서 어찌 시가 없으리요.
황화(皇華)에게 주어서 생각하는 바를 부치노라.
가을 물가에 갈대가 우수수 소리내고,
석양 때에 강산이 아득히 멀구나.
고인(古人)을 보지 못하니 이제 속절없이 탄식하고,

지난 일을 뉘우치며 다만 스스로 슬퍼하도다.

누가 장사(長沙)로 좌천(左遷)된 객(客)이,

관직은 낮고 나이는 늙어서 귀밑털이 쇠한 줄 알아주랴.

라고 하자 진신(縉紳)들이 모두 이어 화답하여 거의 100수나 되었는데 《분행집(分行集)》이라 이름하였다. 학사(學士) 박승충(朴昇冲)이 서문을 지었으며 황태제(皇太弟) 대원공(大原公)이 판목(板木)에 새겨 전하였다. 공이 평생에 시를 지을 적에 반드시 석양(夕陽) 두 글자를 썼으므로 상국 김부의(金富儀)가 그의 묘지를 지으면서 그것을 '늦게야 청관요직(淸官要職)에 오를 징조다' 한 말이 있었다.

초당(草堂)에 가을 칠월인데,

오동잎에 듣는 비는 밤 삼경(三更)이로다.

베개에 기대인 손은 잠을 이루지 못하는데,

창을 격하여 벌레 소리 들려오도다.

얕은 잔디에는 어지러운 물방울이 번뜩이고,

차가운 잎에는 맑은 기운 뿌리도다.

나에게 그윽한 정취가 있으므로,

그대의 오늘 밤 심정을 알겠네.

이 시는 인분(印份)이 지은 것이다. 학사의 이름이 해동에 크게 떨쳤음은 실로 이 편으로 말미암은 것이었다. 내가 전에 계양부(桂陽府)

에 속관으로 있을 적에 하루는 배를 저어 공암현(孔巖縣)으로부터 행주(幸州) 남호(南湖)에 이르러서 끊어진 언덕이 외 쪽[枕]과 같으며 소나무·머루나무 8, 9그루가 그 옆에 벌려 섰고, 무너진 담이 남아 있는 것을 보았는데, 지나는 사람들이 모두 이를 가리켜 인공(印公)의 초당 옛터라 하였다.

내가 배를 대고는 떠날 수 없어 배회하여 깊게 휘파람을 불면서 그 사람을 상상해 보다가 문득 조그만 길을 찾아 소화사(小華寺) 남루(南樓)에 올라가서 벽을 쳐다보니 시가 있는데, 이끼가 끼고 먹자국이 겨우 남았으므로 가까이 가서 보니 바로 인공이 쓴 것이었다. 그 시에 이르기를,

파초(芭蕉) 잎이 발 밖에서 우니 산비 내리는 것을 알겠고,
돛대가 봉우리 위에 솟으니 바닷바람 이는 것을 보겠네.

하였다. 이름 아래 헛된 선비가 없다고 하겠다.

개골산(皆骨山)은 관동의 명산이니 묏부리와 골짜기가 돌로 되지 않은 것이 없어서 바라보면 마치 먹물을 뿌린 것 같다. 산 위에서 사는 사람들이 객토(客土)로써 바위 틈바구니를 메운 뒤에 오이와 실과를 심어서 먹는다. 옥당(玉堂) 전치유(田致儒)가 안렴사(按廉使)로 이 산을 지나다가 곧 시를 지었는데 다음과 같다.

초목이 드물게 나니 대머리의 털이요

연하(烟霞)가 반쯤 걷히니 어깨에 걸친 옷이로다.

우뚝 솟은 개골산이 홀로 깨끗하니,

응당 육산(肉山)들이 모두 살찐 것을 비웃으리로다.

동관(東館)은 봉래산(蓬萊山)이요, 옥당은 별정(鼈頂)이라 하니 모두 신선 같은 관직이다. 본조(本朝) 구제(舊制)에는 비록 천자(天子)라도 승출(升黜)을 마음대로 못하여 결원(缺員)이 있으면 반드시 금서(禁署) 제유(諸儒)의 천인(薦引)을 기다린 뒤에 등용하였다. 그러나 삼다(三多)[1] 명예와 칠보(七步)[2]의 재주가 없으면 세상에서 모두 그를 그 지위에 외람되이 처하였다 하여 반드시 혈지한안(血指汗顔)[3]이라는 조롱을 면하지 못하였다.

예종(睿宗) 때에 강남의 선비〔措大〕 정습명(鄭襲明)이 기이한 재주와 큰 기량(器量)을 품고서 세상에 진출할 길이 없어 일찍이 패랭이꽃을 두고 시를 지으니,

세상에서 붉은 목단꽃을 사랑하여,

원주(院主)에 가득하게 재배하도다.

누가 이 거친 들에 좋은 꽃떨기가 있음을 알리.

빛은 들 연못 달에 통하였고,

---

1 《후산시화》에 나오는 위문삼다자(爲文三多者). 즉, 간다(看多)·주다(做多)·상량다(商量多)를 일컬음.

2 7세에 시를 이루는 재주. 《세설》에 위나라 문제가 일찍이 그 동생 식으로 하여금 7세 안에 시를 짓게 하되 짓지 못하면 죽임을 당하리라고 하자 식이 응해 문득 시를 지었음. 즉 민첩하게 시 짓는 재주를 말함.

3 《한유문》에 '不善爲劉血指汗顔'이라고 했음. 즉 목수가 일이 서툴러 손가락에 피를 내고 얼굴에 땀이 흐르는 것을 말함.

향기는 밭두렁 나무의 바람에 전하네.

외딴 귀인들이 적으니,

아리따운 태도가 밭 가는 늙은이에게 속하였네.

하였다. 당시에 환관(宦官)이 이 시를 읊어서 임금의 귀에 들리니 임금이 듣고 칭찬하며, '구감(狗監)¹'이 아니면 어찌 사마상여(司馬相如)가 지금도 있음을 알았으리요' 하고 곧 명하여 옥당에 보직케 하였다.

　의종(毅宗) 초년에 현량(賢良) 황보탁(皇甫倬)이 과거 보기를 열 번 만에 장원으로 뽑혔다. 마침 임금이 상림원(上林苑)에서 놀다가 작약을 구경하고 드디어 시 한 편을 얻었는데 시신(侍臣)들이 화답치 못하였다. 현량(賢良)이 한 편을 지어 바치니,

누가 꽃이 주인(主人)이 없다고 하더뇨.

용안(龍顔)이 날마다 친히 보시네.

응당 첫여름을 맞아서,

남은 봄을 홀로 맞이함이로다.

낮잠은 바람이 불어 깨워 주고,

새벽에 단장은 비가 씻어 새롭도다.

궁녀들아 서로 새암하지 말라.

비록 미인 비슷하나 실물이 아니다.

하였다. 임금이 크게 칭찬하고 후히 상을 주었는데 그 뒤에 선부(選部)에서 관직(館職)에 보충할 자를 추천해 올리니 임금이 그의 이름을 보고, '이가 일찍이 작약 시를 지어 바친 자가 아니냐' 하고 곧 친필로써 점 찍어 동관에 번들게 하였다. 정공(鄭公)은 뒤에 추부(樞府)에 들어가 승지(承旨)가 되어 선왕(先王)의 유지(遺旨)를 받들어 어린 임금을 보좌하게 될 때 곧은 말을 하여 직신(直臣)의 풍(風)이 있었고, 황보공(皇甫公)도 또한 한림원(翰林院)과 대간(臺諫)에 출입한 지 10여 년이 되었다.

아아, 임금과 신하가 서로 알아주는 것은 고인(古人)이 그것을 천년만에 한 번 만나는 것이라 하였는데 이제 두 공의 사실을 보면 오직 한 편의 시로써 알게 되어 몽복(夢卜)을 번거로이 하지 않고도 자연스럽게 합하였으니 밝은 임금 어진 재상이 서로 만나는 것이 어찌 우연한 일이겠는가.

백운자(白雲子)가 유학(儒學)을 버리고 불교를 배워 두루 명산에 놀러 다니더니 도중에서 꾀꼬리 우는 소리를 듣고 느낌이 있어 절구 한수를 지었다.

붉은 부리 노란 옷 고움을 스스로 자랑하니,
마땅히 붉은 담 푸른 나무에 가서 울 것이다.
무슨 일로 거친 말을 쓸쓸한 곳에서,
수풀을 격하여 때때로 두세 소리를 보내나.

하였다. 내 친구 기지(耆之)가 실의(失意)하여 강남에 노니다가 꾀꼬리 소리를 듣고 또한 시를 지었는데,

전가(田家)에 오디 익고 보리는 곁붙어 빽빽한데,
푸른 나무에 꾀꼬리 우는 소리를 처음으로 듣는다.
서울에서 꽃 아래 놀던 손을 아는 것처럼,
은근히 백 번이나 울어 쉬지 않네.

하였다. 고금(古今)의 시인이 물(物)에 의탁하여 심사를 표현한 것이 흔히 이와 같다. 이공(二公)의 작품은 처음부터 서로 기약한 것이 아니면서 처완(悽捥)한 그 표현이 마치 한 사람 입에서 나온 것과 같았다. 그들이 재주가 있으되 쓰이지 못하고 천애(天涯)에 유락(流落)하여 나그네로 떠돌아다니던 모양이 몇 자 사이에 분명히 나타났으니 시는 마음에서 우러난다고 한 것이 과연이다.

신라 사람 김생(金生)은 필법(筆法)이 기묘(奇妙)하여 위(魏)·진(晋)의 서가(書家)들이 따를 바가 아니었고, 본조(本朝)에 이르러서는 오직 대감국사(大鑑國師)와 학사(學士) 홍관(洪灌)이 그 이름을 독차지하여 무릇 보전(寶殿) 화루(花樓)의 편액(扁額) 및 병장(屛帳)의 명계(銘戒)는 모두 이 두 분이 쓴 것이었다. 청평(淸平) 진락공(眞樂公)이 졸(卒)하였을 때 서호(西湖)의 중 혜소(惠素)가 제문(祭文)을 짓고 국사(國師)가 이를 썼는데 더욱 힘을 썼고, 그것을 돌에 새겨 전하니 세

상에서 이를 삼절이라 부른다.

이는 진실로 최(崔)·양(楊)의 무리가 글자 획이 풍만하고 골력(骨力)이 약한 것의 미칠 바가 아니다. 평하는 자가 있어, '쇠를 끌어 근육을 만들고 산을 꺾어 골격을 만들었으므로 힘은 수레채를 굽힐 만하고 예리하기는 목찰(木札)을 뚫을 만하다' 하였다. 송인(宋人)이 정(精)한 비단과 묘한 먹으로써 국사의 필적을 구하므로 학사(學士) 권적(權廸)에게 절구 두 수를 짓게 하여 그것을 써서 부쳤다. 그 시에 이르기를,

소동파(蘇東坡)의 문장이 해외에 알려졌는데,
송조(宋朝)의 천자는 그 글을 불살랐다네.
문장은 재를 만들 수 있을지언정,
우뚝한 이름이야 어찌 태울 수 있으리요.

그중 한 편(篇)은 없어졌다.

당제(堂弟) 상서(尙書) 유경(惟卿)은 재상가의 자손으로 젊어서부터 풍류가로 자처하였는데 함께 노는 사람이 마치 옥산(玉山)에 가까이 하는 것 같았다. 일찍이 술에 취하여 상춘정(賞春亭)에 들어가 목단을 구경하였다. 추부(樞府) 이양실(李陽實)이 옆에서 보고 그 풍운(風雲)을 사랑하여 시를 지어 주기를,

한 조각 농서(隴西)의 달이,

낙성(落城)에 날아와 비치네.

헤어졌을 때에는 오래도록 비 오는 것 같더니,

만나는 곳엔 새로 갠 것 같도다.

하였는데 운이 많아서 다 싣지 못한다.

　옛날 황산곡이 시를 논평하여 이르기를, '옛사람의 의사를 바꾸지
아니하고 말을 새로 만드는 것을 환골(換骨)이라 하고, 옛사람의 의
사를 모방하여 형용한 것을 탈태(奪胎)라 한다' 하였으니 이것은 산
채로 긁어먹고 날로 삼키는 것과는 그 차이가 멀다. 그러나 표절하여
교묘하게 만든 것에 불과한 것이니 어찌 이른바, '옛사람의 이르지
못한 곳에 새로운 의사를 내는 묘함이 될 수 있으랴.' 내가 이 시를 얻
고, '이것은 옛사람의 시 중에도 잘된 구다' 하였다.

　이제 쌍명재(雙明齋)가 이추밀(李樞密)을 보고 시를 논하다가 말이
이 시에 미치니 이준창(李俊昌)이 깊은 감상으로 얼굴빛을 변하며,
'이것은 선공(先公)이 나에게 준 시다' 하였다. 내가 놀라며 감탄하여
마지않고 좌객에게 말하기를, '만약 이 시로써 《두목지시집(杜牧之詩
集)》 속에 넣으면 누가 두목지 시 아님을 알리요' 하였다.

　석고(石鼓)[1]는 기양(岐陽)의 공자묘(孔子廟) 속에 있는데 주로부터
당에 이르기까지 거의 2천 년에 시서(詩書)의 전하는 바와 제사(諸史)

---

1 석고문(石鼓文). 고(鼓)가 무릇 열이니 매고(每鼓)가 경(徑)이 3척 여나 됨. 북경의 구국자감 대성문 좌우에 있음. 그 글은
　주나라의 대전(大篆)이니 곧 사주소작(史籀所作)임. 고문이 역구잔결(歷久殘缺)해서 구양수 소견이 겨우 465자였음.

백자(百子) 속에는 실로 전하는 바가 없다.

더욱이 위응물(韋膺物) 한유(韓愈)는 모두 고사에 널리 통하는 사람인데 어찌 곧 주(周) 선왕(宣王)의 고(鼓)라 하여 가사에까지 나타내어서 남김없이 부석(剖析)하였는고. 구양자(歐陽子)도 또한 세 가지 의심이 되는 것이 있다 하였다.

어제 서재에서 우연히 그 글을 읽다가 내 마음에 맞는 것이 있으므로 20운(韻)을 지어 후세의 군자를 기다릴까 한다.

나막신은 전하여 만세의 진보(珍寶)가 되었고,
벽경(壁經)[2]은 또한 여러 유자(儒者)가 혀를 나불거리게 하였도다.
큼직한 돌북〔石鼓〕은 옛날부터 진기하다 칭하였거든,
하물며 이것이 공자(孔子) 사당의 물건임에랴.
옛날 주(周) 선왕(宣王)이 중흥할 때에,
방숙(方叔)과 소호(沼虎)가 연달아 대장(大將)이 되었네.
천의 병사(兵事)로 매가 날침과 같아서,
북쪽으로는 엄윤(玁狁) 치고 남으로는 월(越)을 항복받았다.
지경을 개척하여 이미 문왕(文王)·무왕(武王)의 기업(基業)을 회복하였으니,
성한 공적은 마땅히 금슬(琴瑟)에 전파될 것이로다.
회군할 때에 북소리 요란하며, '채기장(采芑章)'을 노래하니,

---

2 진시황이 경서를 불사른 뒤 100여 년 만에 공자의 옛집 벽 속에서 나온 고문 경전.

세미(細微)한 것을 무릇 삼가서 또한 길일(吉日)을 베풀게

되었도다.

응당 당시의 장수가 노고하였음을 생각할지니,

몇 해나 갑옷에 이(虱)가 생겼을꼬.

산하를 두고 맹세하여 잊지 않을 것이며,

분벽(粉壁)의 화상(畫像)이 또한 멸치 않으리.

그러나 어찌 월부(月斧)로 돌(雲根)을 찍어 내어,

과두(科斗)의 기문(奇文)으로 공훈을 새기는 것과 같으리요.

그 문장이 혼연하여 간략하고도 순박하며,

오묘한 이치는 마땅히 풍아(風雅)에 실릴 것이다.

어찌하여 시관(試官)이 수록치 않아,

창해(滄海)가에 명월주(明月珠)를 버렸던고.

슬프다 주(周)가 지금 천여 년에,

비가 때리고 바람이 쳐서 이지러짐이 많았네.

남아 있는 일행(一行) 수십자(數十字),

용(龍)의 조각 껍데기 누가 다시 아끼리.

우리 수레가 이미 정비되고 말도 또한 같다는,

이 말이 그 글귀와 더불어 서로 연관이 되었도다.

한공(韓公)도 진실로 또한 시에 깊어서,

한번 읽고 곧 주선왕(周先王)의 공렬(功烈)임을 인정하였도다.

풍운이 붓에 들어와 웅장한 말을 구사(驅使)하며 조금도 남김없이

분석하였도다.

그렇지 않았다면 이 글들이 찬 재가 되었을 것이니

어찌 '숭고장(崧高章)'과 더불어 병열(並列)하였겠느뇨.

꿈속에 제소(帝所)에서 놀아,

청아한 균천광락(鈞天廣樂)[1]을 잠깐 들음과 같도다.

내 이제 읊조려 이를 보충코자 하나,

붓이 둔(鈍)하여 구성하기 어렵네.

손가락으로 국을 찍어 맛보아 비록 구정(九鼎)[2]의 맛을 알았으나,

비조구(飛鳥句)의 한 자(字) 탈락(脫落)[3]된 것을 어찌 보충하리요.

천하의 일에 있어서 귀천 빈부로써 고하(高下)를 삼지 못하는 것은 오직 문장일 뿐이다. 대개 문장이 생겨나매 해와 달이 하늘에 걸려 있고 노을이 태허(太虛)에 모였다 흩어졌다 함과 같아서 눈이 있는 자는 보지 않음이 없어서 엄폐(掩蔽)할 수 없는 것이다. 그러므로 궁하고 천한 선비도 무지개 같은 광채를 후세에 전할 수 있는 것이다.

조맹(趙孟)의 귀(貴)로써 그 세력이 어찌 나라를 부(富)하게 하고 집을 풍성케 함에 부족하였으리요마는 문장에 이르러서는 칭도(稱道)할 것이 없었다. 이로 말미암아 말하면 문장은 스스로 일정한 값이 있는 것이다. 그러므로 구양영숙(歐陽永叔)의 시에, '후세에서 진실

---

1 옥황상제의 풍악. 조간자가 병들어 깨어 가로되 '내가 제소에 가서 심히 즐거웠으니 모든 신들과 더불어 조시(鈞天)에 놀고 광락구진(廣樂九奏)하는 것을 들었다'고 함.

2 우가 구목지금(九牧之金)을 거두어 구정(九鼎)으로 주조하는 구주(九州)를 본받았음.

3 광(宏)의 진종양이 두보집 구본을 읽다가 송찰도위시에 '身輕一鳥' 아래 한 자가 탈락된 것을 보고 그 한 자를 보충하되, 질(疾)·기(起)·하(下) 등으로 했으나 정한 바 없었는데 후일 완본을 얻어 보니 '身輕一鳥過'였다는 고사.

로 공평하지 못하였다면 지금에 이르기까지 성현(聖賢)이 없었을 것이다' 하였다. 오세재(吳世材)는 재사(才士)였는데 여러 번 응거(應擧)하였으나 급제치 못하였다. 홀연히 눈을 앓아 시를 지으니 그 시에 이르되,

노태(老態)와 질병이 서로 따르니,
평생에 늘 빈한(貧寒)한 선비로다.
눈동자 어른거리는 것이 많고,
자석(紫石)은 비치는 것이 적도다.
등(燈) 앞에서 글자 보기를 겁내고,
눈 온 뒤에 햇빛 보기를 부끄러워하도다.
금방(金榜)을 보고 난 뒤를 기다려,
눈을 감고 앉아서 망상(妄想)을 잊으리로다.

하였다. 세 번 장가들었으나 매양 버렸으므로 자식이 없었으며, 송곳을 꽂을 만한 땅도 없어 한 도시락의 밥과 한 표주박의 물(簞瓢)도 계속하지 못하였다. 나이 50에 이르러 겨우 급제하였으나 동도(東都)에서 나그네로 있다가 죽었다. 하지만 그 문장에 있어서야 어찌 궁하다고 버리리요.

세상에서 과거로써 선비를 취함은 오래이다. 한(漢)·위(魏)로부터 육조(六朝)를 거쳐 당·송에 이르러 가장 번성하였다. 본조(本朝)에서도 또한 그 법을 좇아 3년에 한 번씩 과거를 보여 상하 수천 년 사이에

문장으로써 고관대작을 한 사람은 이루 다 기록할 수가 없다. 그러나 장원급제를 하고 뒤에 정승이 된 사람은 매우 적었다. 대개 문장은 천성에서 얻어지는 것이나 작록(爵祿)은 사람이 하는 것이므로 진실로 방법을 써서 구하면 할 수도 있다.

그러나 천지가 만물에게 있어서 그 아름다움을 독차지할 수 없도록 하였으므로 뿔이 있는 것은 이〔齒〕를 없앴으며, 날개가 있으면 그 발을 둘로 하였으며, 이름 있는 꽃은 열매가 없고 채색 구름은 흩어지기 쉬운 것이다. 사람에게 있어서도 또한 그러하니 특이한 재예(才藝)를 주면 공명(功名)을 아껴서 주지 않는 것은 이치가 무릇 그러한 것이다. 그러므로 공자·맹자·순자(筍子)·양자(揚子)로부터 한유(韓愈)·유종원(柳宗元)·이백(李白)·두보(杜甫)에 이르기까지 그들은 문장 덕예(德譽)는 넉넉히 천고에 울릴 만하나 직위는 경상(卿相)에 이르지 못하였다.

장원급제에 높이 뽑히고 정승에 오를 수 있게 된다는 것은 실로 옛 사람의 이른바 양주가학(楊州駕鶴)[1]이라 할 것이니 어찌 흔한 일일 수 있으리요. 본조(本朝)에서 장원급제로써 정승 된 사람이 열여덟 사람이 있으니 지금 최홍윤(崔洪胤)과 금극의(琴克儀)가 서로 계속하여 이미 정승에 이르렀고, 나와 시랑(侍郎) 김군수(金君綬)도 함께 한림원에서 들어갔으며, 그 나머지도 청직(淸職)·한직(閑職)에 참열(參列)한

---

1 《상예소설》에 '객이 있어 상종하니 명명(名名) 소지(所志)를 말하되 혹은 양주자사가 되기를 원하고 혹은 화재(貨財) 많기를 원하며, 혹은 기학상승(騎鶴上昇)하기를 원하는데 그중 한 사람이 이르되, 요전십만관(腰纏十萬貫)하여 기학상양주(騎鶴上楊州)하여 삼자(三者)를 겸하고자 한다'고 했음. 즉 여러 가지 좋은 것을 함께 가진다는 뜻임.

사람이 또한 15명이나 되었으니 얼마나 장한고. 금상(今上)이 즉위한 지 6년 기사(己巳)¹에 김공(金公)이 남주(南州)에 출수(出守)할 때 제공(諸公)이 회리(檜里)에 모여 전송하니 세상에서 이를 용두회(龍頭會)라 하고 우러러 바라보기를 신선이 되어 오른 것같이 여겼다. 내가 시 한 편을 지어 이를 기념하니 그 시에,

용이 날라 95²에 오르니,
아래로 군룡(群龍)이 모이는구나.
명월주(明月珠)를 삼켰다 토(吐)하였다 하고,
청운(靑雲) 길에 뛰놀도다.
이미 이응(李膺)의 문에 올랐으니,
마땅히 은상우(殷相雨)³를 흠뻑 내리리라.
다만 화흠(華歆)의 머리를 귀히 여길 뿐이니,
허리와 꼬리를 어찌 족히 헤아리리요.

거칠고 졸(拙)하나 혹시 후세 사람으로 하여금 본조(本朝)에서 인재를 성하게 얻은 것이 당우(唐虞) 시대라도 미칠 수 없었음을 알도록 하리라.

옛글에 남쪽에서는 귤(橘)이 되었다가도 북쪽에 와서는 탱자가 된

---

1 육십갑자의 여섯 번째로, 1290년.
2 《주역》 건괘에 '九五飛龍在天利見大人'이라고 했음.
3 은나라 고종이 전설(傳說)로 상(相)을 삼으며, '너를 대조(大旱)의 임우(霖雨)로 삼으리라'고 했음.

다 하였다. 대개 초목은 그 풍토에 맞지 않으면 그 본질대로 잘되지 못한다. 어제 한림원에서 나가 어화원(御花苑)에 이르러 귤나무를 보니 높이가 한 길이나 되고 열매가 많았다. 원리(苑吏)에게 물으니, '남주(南州) 사람이 바친 것인데 아침마다 소금물로 그 뿌리를 축여 주었더니 그 때문인지 무성하게 되었습니다' 하였다. 아아, 초목은 진실로 무지한 물건이나 오히려 물주고 북돋아 주는 힘을 입어 이렇게 되었거든 하물며 임금이 사람을 쓰는 데 있어서 원근과 친소(親疎)를 물론하고 은혜로써 결탁하고 녹봉(祿俸)과 관질(官秩)로써 길러 주면 어찌 충성을 다하여 국가를 돕지 아니하는 자가 있으리요. 인하여 운을 지었다. 채시자(採詩者)가 임금께 갖다 바치기를 바란다. 그 시에 다음과 같이 적었다.

누가 남방의 종자를 가져다,

어화원(御花苑) 옆에 심었는고.

몸을 뻗쳐 장해(墻海)를 버리고,

의탁하기를 궁장(宮墻)에 가까이 하였도다.

옥의 여윈 것 같은 떨기엔 가시가 많고,

구름과 같이 번성한 잎엔 가스랑이가 많도다.

봄꽃은 모두 흰빛을 띠었고,

가을 열매는 점점 누른 빛을 머금었네.

이슬은 엉기어 마뇌(馬腦)처럼 되고,

생소(生綃) 같은 속껍질은,

알맹이를 서로 격하게 하였도다.

딸 때에는 마땅히 하얀 손을 수고롭히고,

익는 것은 반드시 맑은 서리 내리는 때를 기다리네.

안개를 뿜어 옷소매를 적시고,

터지는 샘물이 폐장(肺腸)을 적시네.

비록 회수(淮水)를 멀리 건넜으나,

동정(洞庭)의 향기는 없어지지 아니하였네.

기미(氣味)는 선계(仙界)에서 온 듯,

소식은 옛 고향을 격(隔)하였네.

비록 사성(士性)이 아니나,

다만 은광(恩光)을 입었기 때문이로다.

천노(千奴)[1]와 같이 논하기를 부끄러워하고,

다만 사호장(四晧藏)[2]을 용납하였네.

그대여 이상(圯上)의 늙은이〔黃石公〕[3]를 보았는가.

초패왕(楚覇王)을 버리고 한고조(韓高祖) 도왔다네.

　　기지(耆之)가 강남으로 옮겨간 지 거의 10년 만에 앓는 아내를 데
리고 서울로 돌아오니 송곳을 꽂을 만한 땅도 없었다. 우연히 어느

---

1 이형이 용양주에 감자 천 그루를 심어 놓고 죽을 때 아들에게 '너에게 천두목노(千頭木奴)가 있으니 의식을 달라고 하
　지도 않고 해마다 비단 14필씩 바칠 것이다'고 함.

2 파공인의 집에 귤이 있는데, 서리가 내린 후 3, 4두(斗)가 드는 독만한 귤 두 개가 남았음. 두 귤을 쪼개 본즉 귤마다 속
　에 두 노인이 있어 장기를 두고 있다가 '귤 중의 낙이 상산보다 못하지 않구나'라고 함.

3 한나라 장양이 하비이상에서 노인을 만났는데, 그 노인이 장양에게 책 한 권을 주며 일컫기를 '이것을 읽으면 왕자의
　스승이 되리라. 13년 후에 곡성산하의 황석(黃石)을 보면 곧 나일 것이다'라고 함. 그러므로 세상에서 이상 노인이라 부
　르고 또 황석공이라고 부름. 양이 그 책을 읽고 고조를 도와 천하를 정했음.

절에 놀러가서 복건(幅巾)을 제쳐쓰고 오똑하게 앉아서 길게 휘파람
을 부니 중이, '그대는 어인 사람인데 방자 오만하기가 이와 같으냐'
고 물었다. 곧 스물 여덟 글자를 써서 주니 그 시에 다음과 같았다.

> 일찍이 문장으로 재경(帝京)을 움직였으니,
> 천지간(天地間)에 한낱 늙은 서생(書生)이로다.
> 지금이야 비로소 공문미(空門美)[4]를 알겠으니,
> 온 절에 성명을 아는 사람이 없구나.

학사(學士) 백광신(白光臣)이 과거(科擧)를 관장(管掌)하였더니 고
시(考試)를 마치고 새로 급제한 제생(諸生)이 함께 절에서 재(齋)를 올
려 그의 장수하기를 축원하고 곧 학사를 옥순정(玉筍亭)에서 뵈옵고
소연(小宴)을 베풀었는데 학사가 절구 한 수(首)를 지어 보이니 그 시
는 다음과 같았다.

> 장수(長壽)하고 요사(夭死)하는 것은 원래 하늘로부터
> 품부(稟賦)한 것이니,
> 기도로 인하여 다시 나아가 연장되는 것이 아니다.
> 어제 밤에 취하여 잠자다 기몽(奇夢)을 얻으니,
> 이는 여럿의 정성이 하늘을 감동시킨 것임을 알겠네.

---

4 두목지가 절에 갔더니 노승이 자기 이름을 들은 적이 없다고 해서 시를 짓되, '家在城南杜曲傍 西枝仙桂一時芳 禪
師都未知名姓 始覺空門意味長'이라고 했음.

예전에 원효대성(元曉大聖)이 천(賤)한 사람들 속에 섞여서 놀면서 일찍이 목 굽은 박을 들고 저자에서 노래하고 춤추는 것을 무애(無碍)라 하였다. 그 뒤에 일 좋아하는 자가 금방울은 위에 매달고 채색 비단을 밑에 드리워 장식하여 두드리며 진퇴하니 모두 음절에 맞았다. 이에 불경(佛經)에 있는 게송(偈頌)을 적취(摘取)하며 무애가(無碍歌)라 하니 농부들까지도 그것을 모방하여 유희로 삼았다. 무애 지국이 일찍이 그 밖에다 쓰기를,

이 물건은 오랫동안 무용(無用)을 가지고 쓰여졌고
옛사람은 도리어 불명(不名)으로서 이름이 났네.

산인(山人) 관휴(貫休)가 게(偈)를 지어 이르기를, '쌍(雙) 소매를 휘두르는 것은 이장(二障)을 끊는 것이요, 세 번 다리를 드리는 것은 삼계(三界)를 초월한 것이다' 하였으니 모두 진리로서 비유하였다. 나도 또한 그 춤을 보고 찬(讚)을 지으니 그 찬에 이르기를, '배는 가을 매미마냥 비었고 목은 여름 자라처럼 꼬부라졌도다. 그 굽힌 것은 사람을 따르는 것이요, 허(虛)한 것은 물건을 용납할 만하도다. 밀석(密石)에 막히지 아니하고 규호(葵壺)에 비웃음 받지 않으리. 한상(韓湘)은 이것으로 세계를 감추었고 장자(莊子)[1]는 강호(江湖)에 떠다녔

---

1 《소요유편》에 혜자가 장자에게 말하되, '내가 대호(大瓠)의 종(種)을 심었더니 오석(石)이 들만 한 대호가 열렸는데 대이무용(大而無用)하므로 부수어 버리겠다'고 하자 장자가 답하되, '오석(石)이 드는 대호가 있거든 대조(大槽)를 만들어 강호에 띄우면 좋지 않겠느냐'고 함.

도다. 누가 이 이름을 지었는고. 그는 소성거사(小性居士)요, 누가 찬(讚)을 지었는고. 농서(隴西)의 타이(馳李)²로다' 하였다.

내가 8, 9세 때에 한 늙은 선비를 따라 글을 배울 때 일찍이 옛 사람의 경구(警句)를 읽어 주었는데,

꽃은 난간 앞에서 웃으나 소리는 들리지 아니하고
새는 수풀 밑에서 우나 눈물은 볼 수 없구나.

하였다. 내가 말하기를,

"이것은 '결국 버들 잎이 문 밖에서 찡그리나 의사는 알기 어렵도다' 라 하는 것보다 말이 적절하고 뜻이 교묘하지 못하다."
하니 그분이 깜짝 놀랐다.

의왕(毅王)이 오도(五道)와 동서 양계(兩界)에 조서(詔書)를 내려서 이원(吏員)을 파견하여 원우(院宇)와 역(驛)에 써 붙인 시를 모두 기록해서 어부(御府)에 바치게 하여 그중에서 풍요(風謠)와 민물(民物)의 이해(利害)를 살펴보고, 인하여 훌륭한 문장을 뽑아서 시선(詩選)을 만들게 하였다. 어떤 선비가 역벽(驛壁)에 예 다음과 같이 쓴 시가 있다.

---

2 《조야약재(朝野僉載)》의 '후위시(後魏時) 부분에는 농서 이씨가 사성(四姓)에 열(列)함을 얻지 못할까 저어하여 승명타성(乘明駝星)하고 밤에 낙(洛)이 드니 일이 이미 정해진지라 사람이 타이라고 부른다'고 나와 있음. 《파한집》작가의 본관이 '농서'이므로 자칭하여 말임.

날이 마치도록 등에 폭양(曝陽)을 받으면서 밭을 갈았으나,

한 말 곡식도 없도다.

바꾸어 묘당(廟堂)에 앉게 하였으면,

곡식을 먹는 것이 만 석이나 되리.

상서(尙書) 김신윤(金莘尹)이 의주(義州)에 출진하였을 때 또 한 시를 지었으니 그 시에,

백성을 긁어 먹고 웃사람에겐 아첨하는 것이 풍속으로 바뀌어,

전국이 모두 그릇 따르도다.

녹이 후한 고관의 자리도 욕심이 나지마는,

청천백일(靑天白日)은 진실로 속이기 어렵도다.

제왕(齊王)의 질병이 나을 수 있다면,

이윤(伊尹)의 음식 솜씨를 어찌 감히 사양하리요.

말을 전하노니 친구들이여 서로 웃지를 말라.

하였다. 이원(吏員)이 이 두 편을 기록하여 진정(進呈)하였더니 임금이 여러 시를 보고 읽어 내려가다가 이 시에 이르러서는 한참 동안 말이 없으니 좌우가 모두 두려워하여 어쩔 줄을 몰랐다. 가을에 이르러 공에게 명하여 동변으로 진(鎭)을 옮기게 하였다가 그 이듬해 의주에 다시 부임케 하였으니 세 번이나 감사에 부임된 것은 조관(朝官)으로서 드문 일이었다.

118

서도(西都)는 옛날 고구려가 도읍한 곳이니 산하가 둘러 있고 기상(氣像)이 빼어나서 옛날부터 기인(奇人)과 이사(異士)가 많이 나왔다. 예종(睿宗) 때에 준재(俊才)로서 성이 정(鄭)이란 사람이 있었는데 그의 이름은 잊어버렸다. 그가 아이 때에 우인(友人)을 보내는 시에 이르기를,

비 그친 긴 둑에 풀빛이 많은데,
그대를 천리 밖으로 보내니 슬픈 노래가 우러나네.
대동강 물은 언제나 다할 것인고.
이별하는 눈물이 해마다 물결을 보태네.

하였다. 또 시를 지어 이르기를,

복숭아 오얏꽃은 말이 없는데,
나비가 저절로 와서 돌아 날고,
오동이 소쇄(蕭洒)한데,
봉(鳳)이 와서 춤을 추도다.
무정한 것도 유정한 것을 유인하거든,
하물며 사람으로서 서로 사귀어 친하지 않으리.
그대가 먼 곳으로부터 이곳에 와서,
기약 없이 서로 만났으니 좋은 인연이로다.
7월 8월 천기는 서늘한데,

잠자리를 같이한 지가 열흘이 채 못 되었도다.

나는 진뢰(陳雷)의 교칠(膠漆)과 같이 믿었으나,

그대는 이제 나를 헌 자리와 같이 버리네.

부모가 계시므로 먼 데 머물 수 없는데,

따라가지 못하니 마음이 유유하도다.

처마 끝에 깃든 제비는 자웅(雌雄)이 있고,

못 위에 원앙은 짝을 지어 노닌다.

뉘라서 이 새를 내쫓아 버리고,

나로 하여금 이별하는 시름을 잊게 할꼬.

하였다. 그 뒤 상도(上都)에 와서 과거에 뽑히고 대궐에 출입하면서 곧은 말을 하여 옛 간신(諫臣)의 풍이 있었다. 일찍이 임금을 모시고 장원정(長源亭)에 갔다가 시를 짓기를,

바람이 객선(客帆)을 보내니 구름이 조각조각이요,

이슬이 궁궐 기와에 맺히니 옥비늘이네.

푸른 버들숲에 문 닫은 여덟 아홉 집이요,

밝은 달에 누(樓)에 기댄 서너덧 사람이네.

하니, 그 말이 뛰어나서 속진(俗塵)을 벗어난 것이 모두 이와 같았다. 동산재(東山齋) 진정선생(眞淨先生)의 제문(祭文)을 지을 때에 임금이 또한 동산재기(東山齋記)를 짓게 하니 표(表)를 지어 아뢰기를, '두루

120

미 타고 등선(登仙)하니 백운은 아득하고 이두(螭頭)에 사실을 기록하니 자조(紫詔)가 정녕(丁寧)하도다' 하였다. 또 이르기를, '나이 70이 지났으니 겨우 중수(中壽)에 미쳤고 공덕(功德)이 3천 가지[1]가 찼으니 반드시 상제(上帝)가 부를 것이로다' 하였다. 또 이르기를, '선생의 문(門)에 출입한 것이 그 유래가 오래거든 하물며 천자의 명(命)을 받들어 선양하는 데 사양할 바가 없도다' 하였으니 지금에 이르기까지 사람들의 입에 많이 전파되고 있다.

　자미(紫薇) 계림수옹(鷄林壽翁)은 문장이 높고 빼어나서 일시에 독보(獨步)가 되었고, 본래 사람을 감식(鑑識)하는 눈이 있었다. 일찍이 남주(南州)에 안렴사(按廉使)로 나갔을 때 완산(完山)에 이르러 최구(崔鉤)라는 한 소리(小吏)를 보니 철면(鐵面)이 엄랭(嚴冷)하고 사람됨이 말이 없고 장차 큰 인물이 될 그릇 같았다. 그를 데리고 서울에 와서 자기 아들과 같이 길러 서사(書史)와 저술하는 법을 가르치니 문장이 성취되어 글과 글씨가 모두 굳세었다. 약관(弱冠)에 과거를 보아서 병과(丙科)에 급제하여 사관(史官)이 되고 혹은 한림학사(翰林學士)가 되었는데 언제나 곧은 말을 잘하여 몸을 잊고 국가의 일에 바치고자 하였다. 일찍이 친구가 버드나무를 읊은 시에 화답하기를,

　서시(西施)는 눈썹이 길어 교묘하게 그렸고,

---

1 신선이 되기 위해서는 공덕이 3천 가지가 넘어야 하므로 적선(積善)한 공덕이 3천 가지란 말.

소만(小滿)은 허리가 가늘어 교태를 이기지 못하네.

하였다. 또 아직 피지 않은 모란(牧丹)을 두고 지은 시에,

담에 의지하여 송옥(宋玉)을 엿보고[1],
벽(壁)을 격(隔)하여 사마상여(司馬相如)가 유인하네.

하였으니 시의 유동(流動)하고 고움이 모두 이와 같았다.

사자(士子) 서문원(徐文遠)은 권공(權公) 돈례(惇禮)와 어려서부터 친하여 좋아하였는데, 모두 유학(儒學)하는 집 자제로서 재주와 나이가 서로 백중간(伯仲間)이었다. 가끔 시편을 서로 보내고 화답하곤 하였다. 서자가 시를 지어 이르기를,

권자(權子)가 나의 시편에 회답하되,
3, 4련(聯)을 빠뜨렸네.
그 중간에 무슨 말이 들었는지,
생각하니 섭섭하구나.
마치 중추(中秋) 16일 밤에,
십분(十分)의 명월이 일분(一分)은 이즈러진 것이,

---

1 송옥의 〈호색부〉에 '동가의 호 자는 천하절색인데 담에 올라 신을 엿본 지 3년이라'고 함.

광채(光彩)가 가장 어여쁜 것과도 같네.

또 태진(太眞)[2]이 막 온천에서 목욕을 마쳤을 제,

머리카락은 어지럽고 비녀는 비스듬히 꽂혀,

짙은 화장이 다소 지워져도 더욱 아름다운 것 같구나.

구절마다 옥소리 나서 종이 위에 울리니,

문득 날라가서 운연(雲烟)이 될까 염려로세.

진 것이 그렇지 않으면 나더러 오래 객창(客窓)에 있어서

감상(感傷)에 젖기 쉬운 것이라 하여,

일부러 괴로운 말을 다 전하지 않은 것인가.

파
한
집

하였다. 대개 하늘에서 품부(稟賦)한 것은 나면서부터 가졌기 때문에 옮길 수 없는 것이다. 그러므로 어릴 적에 탄생하자 제기(祭器)로써 장난감을 삼았고 문왕(文王)이 태어나자 스승이 수고롭지 않았으니, 이런 것은 모두 자연에서 된 것이고 본래 위현(韋弦)[3]을 기다리지 않은 것이므로 의(義)가 밖에서 덮치어 취한 것이 아니라는 것이 바로 이것이다.

지금 사공(司空) 아무개는 황태제(皇太弟) 양양공(襄陽公)의 맏아들이다. 어릴 적부터 아름다운 공자(公子)로서 일찍이 서사(書史)로 즐

---

2 양귀비를 말함.

3 《한비자》에 '西門豹之性急 故佩韋以緩己 董安于之性緩 故佩弦以自急'이라고 했으니, 이는 남의 경계를 받을 때 쓰는 말.

123

거움을 삼고 거닐 때 읊조리고 앉았을 때 외어서 다른 일을 거들떠보지 않았다.

　장년이 되자 하지 않은 학문이 없었고, 이치는 통하지 않은 것이 없어서 넓고 넓은 강호를 바라보며 그 끝가는 데를 알 수 없는 것 같았다. 사부(詞賦)에 이르러서도 또한 공교하고 글씨가 정묘하여 우뚝하고 과장(科場)에서 갑을(甲乙)을 다툴 만한 사람이므로 세상에서 종실(宗室)의 표적이라고 하였다. 아깝게도 하늘이 나이를 주지 않아 문득 옥루(玉樓)의 부름을 받았다.

　중 관오(觀悟)가 일찍이 그 집에 다니다 유고(遺稿)를 찾아 율시(律詩) 7, 8편을 얻었는데 그 이미(二美)¹가 있는 것을 가상히 여겨 세상에 전하였으니 표연히 구름 위에 솟은 듯한 기격(氣格)이 있었다. 판(板)을 새겨 후세에 전하려 하므로 간략하게 서(序)를 지었는데 그 글에 이르기를, ‘……옛적부터 종실의 지친(至親)은 어려서 포대기 속에서 봉작(封爵)을 승습(承襲)하여 눈으로는 계집을 탐내고 귀로는 음악을 좋아하여 문장에 유의하는 사람이 드물었는데 이제 사공(司空) 아무개는 천성이 학문을 좋아하여 나이가 7, 8세도 못 되어서 심히 서사(書史)를 좋아하여 음식을 당하여도 풍영(諷詠)하는 소리가 밖에 끊이지 않았다’ 하였다.

　장자(莊子)의 《남화경(南華經)》에 이르기를, ‘친부(親父)는 자식의

---

1 문장과 필법을 말함.

중매가 될 수 없으니 친부가 자식을 칭찬하는 것은 그 아비 아닌 자가 하는 것만 같지 못하다. 무슨 까닭이냐 하면 대개 듣는 사람이 의심을 하기 때문이다' 하였다. 자식으로서 아비에게 대하여서도 또한 이와 같으니 아비의 지은 문장을 아름답다고 칭찬하면 다만 비방(誹謗)을 자초(自招)할 뿐이니 그 아들 아닌 자가 칭찬하는 것만 같지 못하다.

그러나 《예기(禮記)》에 이르기를, '아비가 짓고 자식이 계술(繼述)한다' 하였으니 옛날에 동오(童烏)[2]가 《태현경(太玄經)》에 참여한 것이 이런 것이어든 또 하물며 《논어(論語)》에 이르기를, '아비가 살아 있을 적에는 그의 뜻을 보고 아비 죽은 뒤에는 그의 행실을 본다' 하였으니 그의 뜻과 그의 행실을 어찌 타인이 방불(髣髴)하게나마 알 수 있을 것인가. 오직 자식만이 알 수 있을 뿐이다. 만일 《남화경》의 말만 따르고 《예기》와 《논어》의 뜻을 어기어 선인(先人)의 뜻과 행실을 기록하여 후세에 전하지 아니하면 아비의 뜻과 행실을 본다는 의의(意義)가 어디 있는가.

우리 선인은 대금(大金) 천덕(天德) 4년 임신에 나서 일찍 부모를 여의고 의지할 데가 없었는데 대숙(大叔)인 화엄승통(華嚴僧統) 요일(寥一)이 양육(養育)하여 항상 좌우에 두고 가르치기를 부지런히 하여 삼분오전(三墳五典)[3]과 제자백가(諸子百家)를 섭렵(涉獵)하지 않은 것이 없었다. 을미년 여름에 이르러 이름이 표방(豹牓)[4]에 적히고 이

---

2 양웅의 아들 양오. 법언에 '能而不苗者吾家之童烏 乎九歲而與 我玄文'이라고 함.
3 삼분(三墳)은 복희·신농·황제의 글이고, 오전(五典)은 소호·전욱·고신·당우의 글임.
4 과거(科擧)의 방을 가리킴.

듬해 가을에 태학(太學)에 들어가 고예(考藝)에 연첩(連捷)하였다.

경자년 봄에 과거에 장원으로 급제하여 명성이 사림(士林)에 떨쳤다. 처부(妻父)인 사업(司業) 최영유(崔永濡)가 하정사(賀正使)가 되었을 때 서장관(書狀官)으로서 일행에 참여하게 되었다. 이해 섣달 27일에 어양(漁陽) 아모사(鵝毛寺)를 지나는데 곧 안녹산(安祿山)이 연병(練兵)하던 곳이었다. 시를 쓰기를,

근화(槿花)가 푸른 묏부리에 서로 비치는데,
백옥(白玉)과 같은 얼굴이 묘주(卯酒)에 일찍 취하였네.
예상무(霓裳舞)¹가 아직도 끝나지 않았는데,
하루 아침 우레 소리 저룡(猪龍)²을 보내었네.

하였다. 연경(燕京)에 들어가서 정월 초하룻날 관문(館門) 위에 춘첩자(春帖子)를 붙였는데 그 글에 이르기를,

길가에 버들은 푸른 눈썹이 교태를 드러내고,
고개 위에 매화는 백설이 향기를 날리누나.
천리 밖의 가원(街園)이 잘 있는 줄 알겠으니,
봄바람이 먼저 해동(海東)에서 불어오도다.

---

1 당 명황과 양귀비가 좋아하던 음곡과 춤.
2 안녹산이 당 명황의 궁중에서 대취해서 별실에서 자는데 몸이 용으로 변하고 머리는 돼지머리가 됨. 좌우가 놀라 명황에게 아뢰자 명황은 '저룡(猪龍)'이니 염려할 것 없다'고 함.

하였다. 써 붙인 지 얼마 안 되어 이름이 중국에 퍼졌다. 조정에 돌아와서는 나가서 계양(桂陽)에 서기(書記)가 되었다가 얼마 안 가서 한림(翰林)에 들어와서 모든 사(詞)와 소(疏)가 다 그 솜씨에서 나왔다. 그 뒤에 중국의 학사들이 본조(本朝)의 사신을 만나면 춘첩시(春帖詩)를 읊으며, '지금은 무슨 벼슬을 하고 있는가'고 묻기를 마지아니하였다. 선인(先人)이 한원에서 비롯하여 고원(誥院)에 이르기까지 14년 동안에 왕언(王言)을 대초(代草)하는 여가에도 경치를 만나면 붓을 들어 그 문장이 솟는 샘물과 같아서 조금도 지체됨이 없으므로 당시 사람들이 복고(復藁)라 하였다. 날마다 서하(西河) 임기지(林耆之)와 복양(濮陽) 오세재(吳世材)의 무리와 더불어 친밀한 짝이 되어 꽃 피는 아침 달 밝은 저녁에 일찍이 같이 지내지 않은 때가 없었으니 세상에서 죽림고회(竹林高會)[3]라 하였다.

취하였을 때 서로 말하기를, '여수(麗水) 물가에 반드시 양금(良金)이 있고 형산(刑山) 밑에 어찌 미옥(美玉)이 없으리요. 우리 본조(本朝)는 지경(地境)이 봉래(蓬萊) 영주(瀛洲)와 접근하여 옛날부터 신선의 나라라고 하였다. 그 영이(靈異)한 기운을 타고 간간이 재주가 나서 아름다운 이름을 중국에 드러낸 사람들로 학사(學士) 최고운(崔孤雲)이 앞에서 부르고, 참정(參政) 박인량(朴寅亮)이 뒤에서 화답(和答)하여 명유(名儒)와 잡승(雜僧)이 시를 잘 지어 명성을 이역(異域)에 날린 것이 대대로 있었다. 만약 우리들이 거두어 기록하여 후세에 전하

파
한
집

---
3 죽림칠현을 말함.

지 아니하면 없어져서 전하지 못할 것이 틀림없을 것이다' 하고 드디어 중외(中外)의 작품 중에서 법이 될 만한 것을 수습(收拾)해 편집하여 세 권을 마들어 파한(破閑)이라고 이름을 붙였다.

또 친구들에게 일러 말하기를 '내가 한(閑)이라 한 것은 대개 공명(功名)을 준 뒤에 별장(別蔣)[1]에서 은퇴하여 마음에 더 구할 것이 없는 자와 또는 자취를 산림에 감추어 주리면 먹고 곤하면 자서 아무 일이 없는 자라야 그 한가한 것을 온전히 할 수 있는 것이다. 그러나 눈을 이 책에 붙이면 온전한 한가함을 깨칠 수 있을 것이다. 대체 진로(塵勞)에 시달리고 명환(名宦)에 골몰하여 염량(炎涼)에 좇아서 동서로 분주한 자가 하루아침에 권리를 잃어버리게 되면 외모는 한가로운 것 같으나 중심은 흉흉할 것이니 이는 또한 한가한 것이 병이 된 것이다. 그러나 이 책에 눈을 붙이면 또한 한가한 데서 온 병을 고칠 수 있을 것이다. 만약 그렇다면 오히려 바둑이나 장기를 두는 것보다 낫지 않겠는가' 하니 당시에 듣는 사람이 모두 그렇다고 하였다.

이 《파한집(破閑集)》은 이미 이루어졌으나 아직 임금에게 알려지지 못한 채 불행히도 가벼운 병으로 홍도정(紅桃井) 집에서 돌아가시었다. 이에 앞서 집에 어떤 소녀가 꿈에 청의동자(靑衣童子) 15명이 푸른 기(旗)와 일산(日傘)을 받들고 문을 두드려 소리지르므로 집종이 문을 닫고 힘껏 막았으나 조금 있다가 잠긴 문이 저절로 열리고 청의동(靑衣童)들이 날뛰어 바로 들어와 서로 축하하다가 잠깐 사이에 흩

---

1 당나라의 승상 배도가 늙어 벼슬을 그만두고 녹야당을 짓고 놀았음.

어져 가는 것을 보았는데 그 얼마 안 되어 돌아가셨으니 어찌 옥루(玉樓)의 기(記)를 쓰게 하기 위하여 불려간 것이 아닌지 알리요.

등선(登仙)하시던 그날 저녁에 붉은 기운 한 줄기가 위로 두우성(斗牛星) 사이에 충상(衝上)하여 밤이 다하도록 사라지지 않으며 바라보는 사람들이 모두 괴이하게 여겼다. 이것은 대개 선인(先人)의 평생에 문장의 명성을 자부(自負)하여 문형(文衡)을 잡지 못한 것을 한하여 평상시에 답답해하다가 좌간의대부(左諫議大夫)에 오르자 비로소 시관(試官)의 임명을 받았으나, 시석(試席)을 열지도 못하고 하늘이 수(壽)를 주지 않아 문득 돌아가셨으니 그의 가슴속에 분기(憤氣)가 발(發)하여 위로 하늘에 충상(衝上)한 것인지도 모르겠다.

슬프다, 평생의 저술한 것은 고부(古賦) 5수와 고율시(古律詩) 1천 5백여 수를 손수 편찬하여《은대집(銀臺集)》이라 하고, 또 기로회(耆老會) 중에서의 잡저(雜著)를 엮어서《쌍명재집(雙明齋集)》이라 하였다. 추부(樞府) 홍사윤(洪思胤)은 쌍명태위공(雙明太尉公)의 인족(姻族)이었다. 일찍이 홍왕사(興王寺)를 관리할 때 조정의 명을 받아 교장당(敎藏堂)에서 판을 새겨 세상에 전하게 하였고, 그 나머지는 모두 판에 올리지 못하였으므로 여러 해가 되어 집에 둔 것이 좀먹어 썩을 따름이었다.

근년에 임진 초가을에 북병(北兵)이 내리 닥쳐 송도를 약탈하고 성중(城中)이 요란하게 되므로 강화(江華)로 천도하였는데, 또 장마가 달로 계속되어 어린애를 이끌고 노인을 부축하여 모두 갈 바를 잃고 혹은 구렁텅이에 떨어져 죽는 사람도 많았다. 내가 그때에 학유(學

諭)가 되어 임금을 모시고 간신히 발섭(跋涉)하는 중에도 항상 유고(遺藁)를 싸가지고 다니며 다만 영금(瀛金)¹과 같이 여길 뿐만이 아니어서 한 글자라도 잃어버릴까 두려워하였고, 만세 자손의 보물 되기를 기하여 자나 깨나 잊지 못한 것이 거의 50년이 되었다.

근자에 사고로 동각(東閣)에서 쫓겨나고 기장현(機張縣) 원으로 좌천되었더니 당시에 안렴사(按廉使) 대원왕공(大原王公)이 와서 민정을 묻는 여가에 말이 선인(先人)의 유고(遺稿)에 미쳐, 나의 힘이 박(薄)하여 아직 그 뜻을 이루지 못함을 애석하게 여기고 잡문(雜文) 3백여 수와 《파한집》 세 권을 가져오라 하여 몸소 검열하고 공장(工匠)에게 명하여 판목(板木)에 새기게 하니 빛이 지하에 빛났으며 또 나의 답답함을 하루아침에 얼음 풀리듯 하게 하였으니 어찌 본말(本末)을 상세하게 적어서 무궁한 후세에 보이지 않을 것이랴. 그 끝내지 못한 것은 혹시 후손이 뜻을 이어 판에 새겨 전하면 《예기(禮記)》와 《논어(論語)》에서 말한 것과 같이 또한 천고에 거울이 될 것이다.

경신 3월 얼자(孼子) 합문지후(閤門祗侯) 세황(世黃) 삼가 씀.

---

1 《한서》에 '黃金滿 不如敎子一經'이라고 함.

독후감 길라잡이

❶ 내용 훑어보기

위에서 말씀드렸듯이 《파한집》은 시화(詩話)를 모아 놓은 책입니다. 상권 24장, 중권 26장, 하권 33장, 그리고 그의 아들 이세황의 발문으로 이루어져 있습니다. 시를 짓는 데 따르는 일화에다 시평을 곁들이고 이따금 작가론이나 문학 일반론까지 보태져 있습니다. 시 비평들을 모아 놓은 비평집의 특성상, 각 비평들(혹은 일화들)이 병렬적으로 나열되어 있을 뿐, 어떤 줄거리 체계를 이루고 있지는 않습니다. 그 중 몇 개를 살펴보도록 하겠습니다.

지리산 혹은 두류(頭留)라고도 하니 북의 백두산에서부터 일어나서 꽃봉오리 같은 봉우리와 골짜기가 그치지 않고 이어져서 대방군(帶方郡)[1]에 이르러, 수천 리를 서리고 얽혀서 산 주위를 둘러싼 것이 10여 주(州)나 되니 순월(旬月)이 걸려야 그 경계를 다 볼 수 있다. 옛 노인이 서로 전하여 이르기를 '그 사이에 청학동(靑鶴洞)이 있는데 길이 매우 좁아서 사람이 통행하되, 기어서 몇 리를 가면 트인 지경을 얻게 된다. 사방이 모두 좋은 밭과 기름진 땅으로 뿌리고 심을 만하며 푸른 학이 그 가운데 깃들여 살므로, 청학동이라 부르게 된 것이니 대개 옛적에 속세를 등진 사람이 살던 곳이므로 허물어진 담과 구덩이가 아직도 가시덤불에 쌓인 빈 터에 남아있다.'하였다.

---

1 지금의 전라북도 남원군.

얼마 전에 내가 당형(堂兄) 최상국(崔相國)과 함께 은둔할 뜻이 있어 서로 이 골짜기를 찾을 것을 약속하여 죽롱(竹籠)에 송아지 두세 마리를 담아 가지고 그곳에 들어가서 속세와 서로 연락을 끊으려 하였다. 마침내 화엄사로부터 개화현(화개현, 花開縣)에 이르러 문득 신흥사에서 잤더니 지나는 곳마다 선경 아닌 곳이 없었다. 일천 바위는 다투어 빼어나고 일만 구렁은 다투어 흐르는 데 대울타리와 띳집이 복숭아꽃·살구꽃에 어른거리어 거의 인간이 사는 곳이 아니었다. 그러나 청학동이란 곳은 마침내 찾지 못하고 시를 바위에 써 두었다. 그 시는 다음과 같다.

두류산은 드높이 구름 위에 솟고

만학(萬壑) 천암(千巖)이 회계산(會稽山)[2]과 비슷하도다.

지팡이를 짚고 청학동을 찾으려 하였으나

수풀이 가려서 헛되이 흰 원숭이 울음소리만 듣도다.

누대(樓臺)가 표묘(標緲)하니 삼산(三山)[3]이 멀고,

이끼가 끼어서 네 글자를 쓴 것이 아득하도다.

시험 삼아 묻노니 선원(仙源)이 어느 곳이뇨,

흐르는 물 위에 떨어지는 꽃잎이 사람으로 하여금 미혹하게 하도다.

---

2 중국 절강 소흥현 동남 13리에 있는 산.

3 이백의 시에 등장하는, 강소 강녕현 서남에 있는 산 이름.

어제 서재에서 우연히 오류선생(五柳先生)⁴ 문집을 보다가 〈도화원기(桃花源記)〉⁵가 있으므로 읽어 보니, '대개 진나라 사람이 난리를 피하여 처자를 이끌어 그윽하고 현한 지경에 산이 둘러 있고 시내가 거듭 흘러 나무꾼도 이르지 못할 만한 곳을 찾아서 살았는데, 그 뒤 진나라 태원(太元) 연간에 고기 잡는 사람이 요행히 한번 이르렀으나 문득 그 길을 잊어버려 다시는 찾지를 못하였다'고 하였다. 후세에서 단청으로 그림을 그리고 노래로 이것을 전하였으므로 도원(桃源)을, '신선의 세계로서 우거(羽車)와 섬륜(표륜, 飇輪)으로 길이 살고 오래 볼 수 있는 사람이 있을 곳'이라 하지 않는 이가 없는데, 이것은 대개 〈도원기(桃源記)〉를 미숙하게 읽은 까닭이니 실로 청학동과 다른 것이 없다. 어쩌면 고상한 선비 유자기(類子驥)같은 사람을 얻어 한번 가서 찾아볼까.

속세를 벗어나 은둔할 뜻을 품고, 지리산 깊은 곳에 있다는 '청학동'을 찾아 떠나지만, 결국 찾지 못하고 바윗돌에 시를 남겨놓은 채 돌아왔다는 내용을 담은 기행 수필입니다. 그리고 뒤에 '도화원기'의 고사를 인용하였는데요, 이인로의 청학동과 도연명의 도원은 일종의 유토피아(utopia)라고 할 수 있습니다.

---

4 진나라 도연명이 스스로에게 붙인 호.

5 중국 동진의 시인 도연명(陶淵明)의 작품으로 동진 태원연간(太元年間 : 376~395)에 무릉(지금의 후난성 타오위안 현)에 살던 어느 어부가 강을 거슬러 올라가던 중 복사꽃이 피어 있는 수풀 속으로 잘못 들어갔는데 숲의 끝에 이르러 강물의 수원이 되는 깊은 동굴을 발견했다. 그 동굴을 빠져나오니 평화롭고 아름다운 별천지가 펼쳐졌다. 그곳의 사람들은 진대(秦代)의 전란을 피해 이곳으로 왔는데 그때 이후 수백 년 동안 세상과 단절된 채 지내왔다는 것이다. 이 이야기는 노자의 소국과민(小國寡民) 사상에 기초하여 고대의 자연주의적 유토피아를 묘사한 것으로, 당대(當代) 전기소설(傳奇小說)의 원조가 되었다.

어원상 유토피아(utopia)란 '세상에 존재하지 않는 땅'이라는 의미입니다. 이상향을 동경하는 것은 인간의 보편적인 속성이며, 인간의 삶의 터전인 현실세계가 고달플수록 이상세계에 대한 염원은 더욱 강렬해질 수밖에 없습니다. 작가도 청학동을 찾아 나선 이유를 '속된 세상과는 등지고 싶은 마음' 때문이라고 말하고 있습니다.

그러나 그 세계는 현실에는 존재하지 않기에 찾을 수 없으며, 안타까운 마음만 더할 뿐이다. 이 글에서는 중간에 작가의 시를 삽입하여, 이상향(청학동)을 찾고자 하는 열망과 찾지 못한 안타까움이 효과적으로 드러나고 있습니다.

천하의 일에 있어서 귀천 빈부로서 고하를 삼지 못하는 것은 오직 문장일 뿐이다. 대개 문장이 생겨나매 해와 달이 하늘에 걸려 있고 노을에 태허(太虛)에 모였다 흩어졌다 함과 같아서 눈이 있는 자는 보지 않음이 없어서 엄폐(掩蔽)할 수 없는 것이다. 그러므로 궁하고 천한 선비도 무지개 같은 광채를 후세에 전할 수 있는 것이다.

조맹(趙孟)의 귀(貴)로써 그 세력이 어찌 나라를 부(富)하게 하고 집을 풍성케 함에 부족하였으리요마는 문장에 이르러서는 칭도(稱道)할 것이 없었다. 이로 말미암아 말하면 문장은 스스로 일정한 값이 있는 것이다. 그러므로 구양영숙(구양수)의 시에, '후세에서 진실로 공평하지 못하였다면 지금에 이르기까지 성현(聖賢)이 없었을 것이다.'하였다. 오세재(吳世才)는 재사(才士)였는데 여러 번 응거(應擧)하였으나 급제치 못하였다. 홀연히 눈을 앓아 시를 지으니 그 시에 이르되,

노태(老態)와 질병이 서로 따르니,

평생에 늘 빈한(貧寒)한 선비로다.

눈동자 어른거리는 것이 많고,

자석(磁石)은 비치는 것이 적도다.

등(燈) 앞에서 글자 보기를 겁내고,

눈 온 뒤에 햇빛 보기를 부끄러워하도다.

금방(金榜)을 보고 난 뒤를 기다려,

눈을 감고 앉아서 망상(妄想)을 잊으리로다.

하였다. 세 번 장가들었으나 매양 버렸으므로 자식이 없었으며, 송곳을 꽂을 만한 땅도 없어 한 도시락의 밥과 한 표주박의 물도 계속하지 못하였다. 나이 50에 이르러 겨우 급제하였으나 동도(東都)에서 나그네로 있다가 죽었다. 그 문장에 있어서야 어찌 궁하다고 버리리요.

본문에 쓰인 '문장(文章)'이라는 말은, 오늘날 '문학(文學)'으로 해석해야 합니다. 이 글에 제기된, '문학은 문학 외적인 것으로 평가해서는 안 되며, 문학 그 자체에 일정한 가치가 있음으로 그것으로 평가해야 한다.'는 주장은 오늘날에도 계속됩니다. 즉, 그 작품을 쓴 사람의 신분이 천하든 귀하든, 돈이 많든 적든, 그런 것과는 별개로 문학 작품을 평가해야 한다는 이야기입니다.

이러한 주장을 관철시키기 위해 작가는 오세재의 불우한 일생과 그의 시를 함께 제시하면서, 인생은 불우했으나 시는 뛰어나다고 말하고 있습니다. 이인로는 문장을 빈부귀천과는 독립적인 독자적 가치를 지닌 것으로 생각하였고, 문인으로서의 남다른 자부심을 드러내고 있습니다. 문장의 가치에서 자신의 존재가치와 삶의 의의를 찾는 자세를 드러내는 것입니다. 구양수의 말을 인용하여 후세인들이 옛 성현의 덕을 공평하게 평가하여 추앙하듯, 시인의 훌륭한 작품도 그의 외적 여건에 구애받음이 없이 공평하게 평가된다면 그 가치가 같이 전해질 것이라는 견해도 피력하고 있습니다.

　　본조(本朝) 학사 김황원(金黃元)이 군(郡)의 관아(官衙)에 시를 써서 붙이니, 그 시에 이르기를,

　　산성에 비가 사나와 도리어 우박이 되고,
　　못이 있는 곳에 그늘이 많아서 자주 무지개가 뜨도다.

하였다. 자미랑(紫薇郎)[6] 이순우(李純祐)[7]가 관동(關東)지방으로 부임하면서 지은 시에 다음과 같은 것이 있다.

　　세류영(細柳營)[8]에 새로 온 장군이요,

---

6 당나라 개원 간에 중서성을 고쳐서 자미성이라고 했다. 중서령으로써 천자를 보좌하는 일을 맡고 대정을 잡게 했다. 여기에서는 이순우가 중서성에 있다가 지방으로 전출된 것을 고사에 빗대어 썼다.

7 자는 발지. 고려의 중서사인 양식의 아들. 어려서부터 능히 글을 잘하고 의종 때에 장원 급제해서 벼슬이 국자대사성에 이르렀다고 한다.

8 한(漢)나라의 장군 주아부(周亞父)가 세류(細柳)라는 곳에 진을 칠 때, 그 군영의 규율이 다른 장군의 군영 등에 비해 훨씬 엄격해서 순시하던 문제(文帝)가 크게 감동하였다고 한다. 여기에서는 장군이 머무르는 막사를 칭한다.

자미(紫薇)꽃 핀 곳은 옛날의 중서(中書)라네

내 친구 기지(耆之)[9]가 내게 시를 지어 주었는데,

거센 바람 일으키며 대붕(大鵬)은 남명(南溟)으로 날아가고
휘영청 달 밝으니 놀란 까치 잠 못 이루네

하였다. 영양(滎陽) 보궐(補闕)[10]이 우연히 천마산 팔척방(八尺房)에서
놀던 때, 시 한 수를 읊는데 시상이 떠오르지 않아 고심하였다. 이튿
날 아침에 돌아가려 할 때, 나귀의 고삐를 느슨히 잡고 천천히 길을
걸으며 읊조리다가 도성 가까이 이르러서야 시 한 구절을 떠올렸다.

바위의 소나무는 늙어 한 조각 달이 걸려 있고,
하늘 끝에 구름이 낮아 천점산(天點山)이 솟았도다.

하였다. 나귀를 채찍질하여 서둘러 돌아와 손으로 문고리를 흔들고
바로 원중(院中)으로 들어가서 붓을 날려 벽에 써 붙이고 돌아갔다.
강일용 선생이 백로에 대해 시를 읊으려고 비를 맞으며 천수사(千壽
寺) 남쪽 시냇가에 이르러, 이것을 보고 문득 시상을 얻어 한 구절을
지었다.

---

9 임춘의 자. 문장으로써 세상을 울렸다. 사후에 그의 친구 이인로가 유고를 모아 〈서하선생집〉 6권을 간행했다.
10 사인 정지상. 원본의 형양의 오기인 듯하다. 영양은 중국 지명. 보궐은 관명.

날아서는 푸른 산허리를 끊었도다.

하고 이어 어떤 사람에게 말하기를,

  "오늘 비로소 고인이 이르지 못한 곳에 이르렀으니 이 뒤에 응당 재주를 가진 사람이 있어서 이를 보충하여 전편을 만들 것이로다."
하였다. 내가 이 말을 듣고 생각해 보니 이 시구가 옛 사람들보다 탁월한 점은 없으나, 그가 이렇게 말한 것은 아마 매우 고심한 끝에 얻어진 결과이었기 때문이었을 것으로 보인다. 내가 여기에 보충하기를,

  교목 꼭대기에 집을 지어 깃들이고,
  남아서는 푸른 산허리를 끊었도다.

하였는데 대저 이런 시구를 전편 가운데 넣고 그 나머지는 대강 채우면 될 것이니 바로 구슬 있는 곳에는 풀이 마르지 않고 옥이 나는 시내는 절로 아름다운 것과 같은 것이다.

이 글은 정지상의 일화를 통해, 시를 창작하는 데서 오는 고통과 어려움, 그리고 그 극복 과정에 대하여 말하고 있습니다. 이러한 맥락에서 이 글은 시화(詩話), 시와 관련된 이야기에 속한다고 할 수 있습니다. 시화는 시에 관한 이야기가 중심이 되는 것으로, 시에 대한 이야기와 함께 문학 비평적 특성을 함께 갖추고 있는 글입니다.《파한

집》에는 상당히 다양한 종류의 글들이 담겨져 있지만, 이렇게 시화(詩話)가 들어 있기 때문에 우리는 《파한집》을 시화집으로 분류할 수 있습니다.

다시 윗글로 돌아가 보겠습니다. 윗글에 나오는 정지상은 고려시대의 시인입니다. 시어를 아름답게 다듬어 섬세하고 감각적인 표현을 추구하는 만당시풍(晚唐詩風)의 시를 많이 창작했는데, 정지상의 《송인(送人)》은 한번쯤 접해 보셨으리라 생각합니다.

> 비 개인 긴 언덕에는 풀빛이 푸른데
> 그대를 남포에서 보내며 슬픈 노래 부르네.
> 대동강 물은 그 언제 다할 것인가,
> 이별의 눈물 해마다 푸른 물결에 더하는 것을.

윗글에서 정지상은 자연의 아름다움과 그 아름다움에 대한 느낌을 압축되고 절제된 한시의 형식으로 표현하고자 하였습니다. 그러나 자연에 대한 자신의 느낌을 적절히 전해 줄 표현이 떠오르지 않아 고민하다가 마침내 적절한 표현을 찾아내었습니다. 말을 끌고 도성까지 오는 길에 계속 고민하다가, 시상이 떠오르자 말을 타고 돌아가 시를 써서 벽에 붙여 놓고 돌아오고야 말았습니다.

그만큼 정지상은 시 한 구절을 짓기 위해 많은 고민을 하였고, 그만큼 시에 대한 열정이 대단했던 것입니다. 비단 정지상뿐만 아니라 강일용 선생 또한 백로에 대한 시를 지으려 비를 무릅쓰고 개천을 둘러보았다고 하는데, 창작에 대한 열정과 더불어 창작이 얼마나 어려운지를 말해 주고 있습니다.

윗글의 말미에 '내가 이 말을 듣고 생각해 보니 이 시구가 옛 사람들보다 탁월한 점은 없으나, 그가 이렇게 말한 것은 아마 매우 고심한 끝에 얻어진 결과이었기 때문이었을 것으로 보인다.'라는 내용은 강일용 선생이 지은 시구에 대한 이인로의 간단한 평가입니다. 이런 평이 있어 시화의 비평적 성격을 드러내고 있는 글이라고 할 수 있습니다.

독후감 길라잡이

❷ 작품 분석하기

▌구성과 플롯, 기법에 대하여 ▌

《파한집》에는 일정한 형식이 없지만, 이인로는 《파한집》에서 그의 시에 대한 여러 가지 견해를 피력하였으며, 비록 불연속적이고 단편적인 이론이지만 비평의 면모를 갖추고 있다고 볼 수 있습니다.

《파한집》은 상·중·하 3권 1책과 아들 세황의 발문으로 이루어진, 시화(詩話)를 모은 책이며, 시 비평 전문서로서는 우리나라 최초입니다. 상권 24장, 중권 26장, 하권 33장, 그리고 그의 아들 이세황의 발문으로 이루어져 있습니다.

《파한집》에는 서문이 없는 대신, 발문이 책의 끝에 있어 서문을 대신하고 있는데요, 그 발문에는 이인로의 생애와 예술에 관하여 간략히 기록되어 있고,《파한집》의 간행 내력이 비교적 상세히 쓰어 있습니다.《파한집》의 저술 의도, 제목의 의미에 대하여서는 이인로의 말을 직접 인용해 넣고 있어《파한집》을 개관하는 데 유용한 자료입니다. 그러나 자신이 보고 들은 이야기를 많이 기록한 탓에《파한집》은 이인로 개인의 취향이 강하게 드러납니다. 이 점은 후일 '보한집'을 쓴 최자에 의해서도 비판적으로 지적된 적이 있습니다. 그러나 이 책이 고려 전기 문학사에서 중요한 위치를 차지하고 있다는 것은 누구도 부정할 수 없습니다.

▍소재와 내용에 대하여 ▍

《파한집》의 내용은 크게 시와 관련된 일화, 시론, 시평 세 부분으로 나눌 수 있는데 대체로 시에 관한 이야기가 주종을 이루고 있습니다. 《파한집》 전체에는 총 169편의 시가 등장하며 이인로 자신의 시만도 33편에 이릅니다. 시 평론을 제외하면 나머지는 모두 넓은 의미의 수필이라고 할 수 있기 때문에《파한집》은 우리나라 최초의 수필집이라고 일컬을 수도 있습니다.

유명한 시구를 뽑아 수록하고는 다시 자신이 당시의 문인들과 교류하면서 주고받은 시 일화, 문담, 기사, 자작 작품 등까지 포함시켰습니다. 그러므로 우리나라 시화의 원류라고 할 수 있습니다. 시대를 초월해서 옛 선비들의 문학관·생활관의 철학을 엿볼 수 있어 당시 지성인들의 생활상과 우정, 시와 술에 관한 일화·풍속 등을 함께 이해할 수 있고, 전래의 민속과 문물제도, 설화·민요에 대한 것 등 다양한 내용이 수필 형태로 서술되었습니다. 특히 명승고적에 대한 이야기, 경주의 옛 풍습, 서경의 갖가지 풍물, 개경의 궁정·사찰, 기타 풍물이 적혀 있어 고려의 역사를 연구하는 데 귀중한 자료로 활용되고 있습니다.

한편 이인로는《파한집》에서 예종 시기를 매우 높이 평가하고 있습니다. 예종은 그 자신이 문학적인 재능을 가지고 있었을 뿐만 아니라, 주변의 신하들과 자주 어울려 시를 짓는 자리를 만들기도 했습니다. 예종과 신하들이 시를 주고받은 것을 모아 시집을 엮을 만큼 예종 시대는 임금부터 문학을 가치 있게 여겼으며, 후대 문인들에게는 선망의 대상이 되었던 것입니다. 이인로 역시 그러한 시대를 높이 평가하면서, 무신들이 권력을 잡고 있는 현실과 대비하고 있습니다.

이러한 태도는 청학동을 찾다가 결국에는 그냥 돌아오고 마는 이야기에서도 드러납니다. 무신정권에 염증을 느끼고 속세를 떠나고 싶었던 이인로는 이상적인 세계라 할 수 있는, 지리산 속의 청학동을 찾아 떠나지만, 결국에는 찾지 못하고 발걸음을 돌리고 맙니다. 이 이야기에서 평화로운 이상향을 찾는 데 실패하고 결국 폭압적인 현실 속에서 살아가야만 하는 이인로 개인의 비애가 드러난다고 할 수 있습니다.

또한 이인로는《파한집》을 통해 자신의 문학관을 피력하기도 했습니다. 문학은 교훈적인 내용이나 유교의 사상 등을 담아야 한다는 기존의 견해에 반대하여 순수하게 문학 자체만을 바라봐야 한다는 입장을 제시했고, 문학적 능력은 하늘로부터 주어지는 것이어서 돈으로 살 수도, 권력으로도 어찌할 수 없지만, 한편으로는 그 재능을 갈고닦지 않으면 아무런 소용이 없다고 주장하였습니다. 또한 시를 지을 때 머리를 싸매고 고심해서는 좋은 시가 나올 수 없으며 대신 시상이 자연스럽게 떠오를 때에 좋은 시를 쓸 수 있다고 하였고, 기존의 경서나 시문 등에서 나온 특징적인 관념 등을 시에 사용하여 내용을 선명하게 전달할 수 있다고 하였습니다.

❸ 등장인물 알기

앞서 수차례 언급 했듯이, 시화집인 《파한집》은 시 비평을 주로 싣고 있으며, 그 외에도 옛 선비들의 일화, 풍속, 설화, 민요, 문물, 제도 등 다양한 분야에 걸친 기록들도 담고 있습니다. 게다가 그 기록들이 하나로 이어지는 것이 아니라, 상권 24장, 중권 26장, 하권 33장으로 나뉘어 있기 때문에 특정 등장인물이 나오지는 않습니다.

다만, 어떤 시를 비평하기 위해, 또는 어떤 일화를 소개하기 위해 시를 쓴 사람이나, 그 일화의 주인공이 잠깐씩 나올 뿐이지요. 그렇다 보니 시화집에 나오는 인물도 굉장히 여러 명이고, 어느 누가 더 비중 있는 역할을 차지하지도 않고, 등장인물이라 하기에도 어폐가 있습니다. 따라서 등장인물에 집중하는 대신, 작가 이인로에 대해 좀 더 자세하게 알아보는 게 좋을 것 같습니다.

❹ 작가 들여다보기

이인로는 시인으로서 당시를 주름잡았고, 《파한집》을 저술하여 후
대 문학에 크게 기여했음에도 자신의 문집이 전해지지 않아 아쉬움
이 많았습니다. 지금부터 이인로의 생애를 들여다보려 합니다.

이인로의 자는 미수(眉叟)이고, 어렸을 때의 이름은 득옥(得玉)입니
다. 본관은 경원(慶源)으로, 고려조 전기의 이름난 가문이었습니다.
인종 때 난을 일으켰던 이자겸도, 예종의 총애를 받았던 이자현도 같
은 집안의 사람입니다. 그가 태어난 것은 고려 18대 의종 6년(1152년)
이었는데 바로 이 의종조에 발생한 무신정변 이전까지만 해도 경원
이 씨는 '고려조 전기 3대 가문'의 하나로, 여러 대에 걸친 국혼으로
왕가의 외척으로서의 부동의 문벌을 형성해왔습니다. 이인로 자신
이 그의 가문을 말하기를, "나의 선조는 문장으로 세세에 이어와 홍
지(紅紙) 전해온 것이 지금 이미 8장이다." 라고 하여 문신귀족으로
서의 성세를 말한 바 있습니다.

이인로는 이렇게 명가의 후손으로 태어났으나, 일찍 부모를 여의
고 의지할 데가 없는 고아가 되었습니다. 다행스럽게도 숙부인 요일
(寥一)의 밑에서 공부를 하며 삼분 오전과 제자백가를 두루 섭렵할
수 있었습니다. 그는 어려서부터 뛰어난 재능을 보여 8,9세 때에는
벌써 시재(詩才)를 드러냈다고 합니다.

그러나 의종 24년(1170년) 그의 나이 19세 때 정중부가 무신정변을
일으켰습니다. 문관들의 횡포를 보다 못한 무관들이 무력으로 정권

독후감 길라잡이

145

을 장악한 것입니다. '문신의 관을 쓴 자는 서리라도 죽여서 씨를 남기지 말라'고 하는 상황에서, 그는 머리를 깎고 스님이 됩니다. 세상이 조금 나아질 무렵 환속하여 25세 때에 태학(太學)에 들어가 유교 경전을 공부하였고, 명종 10년(1180년) 29세의 나이로 드디어 진사과에 장원 급제함으로써 명성을 떨치기 시작했습니다.

31세 때(1182년) 사신단을 수행하여 중국 금나라에 다녀왔고, 다음 해에 환국해서는 계양군(지금의 부천)의 서기(書記)로 나간 것이 그의 첫 벼슬길이었습니다. 그 뒤 얼마 안 가서 당시 재상의 반열에 있던 문극겸(文克謙)의 천거로 한림원(翰林院)에 보직되었습니다. 이후 한림원에서 고원(誥院)의 직위에 이르기까지 14년간 재직하였습니다.

이때부터 오세재·임춘·이담지·조통·황보항·함순 등과 자주 어울려 시 짓고 술 마시며 세칭 '죽림고회(竹林高會)'를 이루게 됩니다. 당시 무신 집권기에 문신들이 정계에서 소외되자 자연을 벗하며 시와 술로 불우한 처지를 위로했던 것이지요. 중국의 죽림칠현이 어지러운 세상에서 목숨을 보전하기 위해 초야에 들어가 생겨난 것처럼, 죽림고회도 무신이 집권하여 문신들에 대한 횡포가 심해지자 난세를 피하여 문학에만 열중한 것으로 볼 수 있습니다.

최충헌 집정하의 신종 연간에는 예부원외랑(禮部員外郎)으로 관직을 옮겼고, 그 뒤 신종 7년(1204년) 그의 나이 53세 때에는 맹성(지금의 맹산)의 수령으로 나가 있기도 했습니다. 한편 그는 수차례 최충헌의 집에 초대되어 당대의 뛰어난 문사였던 이규보 등과 함께 시문을 짓기도 하면서 문사로서 명성을 날렸습니다.

고종 초에는 비서감우간의대부(秘書監右諫議大夫)라는 관직에 올랐습니다. 이 관직에 재임하던 중 고종 7년(1220년) 향년 69세로 개경에서 돌아가셨습니다.

이인로는 관직에 매력을 가졌으나 뜻대로 되지 않았습니다. 그렇지만 관직을 구걸하지도 않았고, 당시 무신 집권층인 최 씨 일파에 대해서도 그다지 호의적인 태도를 보이지 않았던 것 같습니다. 그래서인지 《고려사》 열전(列傳)에는 그에 대하여 "성미가 편벽하고 급하여 당시 사람들에게 거슬려서 크게 쓰이지 못하였다(性偏急 忤當世 不爲大用)."라고 나와 있습니다. 그 자신은 문학 역량에 대하여 자부가 컸으나 크게 쓰이지 못하여 이상과 현실 간의 거리가 있었음을 보여주고 있습니다.

이인로는 시문(詩文)뿐만 아니라 글씨에도 능하였는데, 특히 초서와 예서를 잘 썼다고 합니다. 한시의 시론과 그에 부합된 시 창작에 특출한 재능을 보였고, 《은대집(銀臺集)》, 《쌍명재집(雙明齋集)》 등에 그의 시가 다수 들어 있었다고는 하지만, 모두 소실되어 그 내용을 알 수 없습니다. 다만 《삼한시귀감(三韓詩龜鑑)》, 《동문선(東文選)》, 《대동시선(大東詩選)》, 《파한집(破閑集)》, 《보한집(補閑集)》 등에 모두 114수가 전해지고 있습니다.

다음은 이인로의 연보입니다.

1152 (의종 6)　　출생, 당대 이름을 떨치던 경원 이 씨 가문에서 태어남. 어릴 때 부모님을 여의고 숙부인 요일(寥一)

밑에서 자라며 공부함.

1170 (의종 24)	19세, 무신정변을 피해 불도에 입문함.
1176 (명종 6)	25세, 환속 후 태학(太學)에 들어가 유교 경전을 공부함.
1180 (명종 10)	29세, 진사과에 장원급제.
1182 (명종 12)	31세, 금(金)나라로 가는 사신단에서 서장관(書狀官)으로 수행함.
1183 (명종 13)	32세, 귀국하여 계양군(지금의 부천)의 서기(書記)로 임명됨. 이후 문극겸의 천거로 한림원(翰林院)에서 사소(詞疏)를 담당. 14년간 한림원에서 재직하며 고원(誥院)에 이름.
1204 (신종 7)	53세, 예부원외랑(禮部員外郎)으로 벼슬을 옮겼다가 맹성(지금의 맹산) 지방의 수령으로 옮김. 이 시기에 권력을 잡고 있던 최충헌의 집에 초대되어 시문을 짓기도 함.
1220 (고종 7)	69세, 벼슬이 비서감우간의대부(秘書監右諫議大夫)에 올랐으며, 개경에 작고.

❺ 시대와 연관 짓기

무신정변 이후 고려 사회를 지배한 정서를 꼽으라면, 분노와 공포를 꼽을 수 있을 것입니다. 무신들은 오랫동안 부당한 대우를 받아오면서 분노하였고, 결국 문신들을 비롯한 사회 기득권 세력에 무력으로 대항하기에 이릅니다. 칼을 쥔 이들의 분노는 곧이어 공포로 이어집니다. 자신이 무력으로 정권을 장악하였듯이, 어느 누구라도 같은 방법으로 자신의 권력을 빼앗을 수 있다는 공포였습니다. 실제로 정중부가 정변을 일으켜 권력을 손에 쥔 1170년 이후, 최충헌이 이의민을 죽이고 정권을 장악한 1196년까지, 불과 26년밖에 되지 않는 짧은 시간 동안, 정중부에서 이의방, 경대승, 이의민, 최충헌으로 권력이 넘어갔습니다. 이 무신정권은 이인로의 생애와, 그리고 그의 《파한집》과 밀접한 연관이 있습니다.

이인로는 무신집권기의 혼란한 시대에 문신귀족의 신분으로서 일생을 살았습니다. 집권층과는 완전히 반대되는 성향의 사람이었던 셈이지요. 그런 탓에 앞서 언급했듯, 이인로는 관직에 매력을 가졌으나 뜻대로 되지 않았습니다. 그렇지만 관직을 구걸하지도 않았고, 당시 무신 집권층인 최 씨 일파에 대해서도 그다지 호의적인 태도를 보이지 않았던 것 같습니다. 자신의 문학 역량에 대하여 자부가 컸으나 크게 쓰이지 못하여 이상과 현실 간의 거리가 있었던 것입니다.

명종 27년에 정권을 잡고 절대 권력자가 된 최충헌은 자신의 저항 세력을 제거하면서 명종까지 폐위시켰습니다. 그리고 금나라가 이 사건을 구실로 국내 정세에 개입할 것을 우려해, 명목상 명종의 이복동생에 해당하는 신종을 즉위시킵니다. 최충헌에 의해 왕위에 즉위한 신종은 건강이 좋지 않았고, 나이도 많았습니다. 게다가 최충헌이라는 권력자에 의해 왕위에 오르다 보니 실질적인 권력은 거의 갖지 못했습니다. 그래서 여러 번에 걸쳐 왕위를 이양할 것을 최충헌에게 간청하였지만, 번번이 거부당하고 죽기 전에야 태자에게 왕위를 물려줍니다.

그렇게 즉위하게 된 희종은, 비록 최 씨 정권의 그늘 아래에서 왕위에 즉위하지만, 아직 24세의 혈기 왕성한 젊은 나이였고, 점점 무신정권을 견제하고 왕권을 회복하려는 시도를 합니다. 종국에는 측근들과 함께 최충헌의 주살을 도모하였지만, 결국 실패로 돌아가 결국 최충헌에 의해 폐위되고 맙니다.

아마 문벌 귀족 출신의 이인로는 자신의 재능을 제대로 발휘할 수 없는 무신정권 아래서 왕권회복을 도모하는 희종에게 새로운 기대를 걸었으리라 생각됩니다. 《파한집》에는 인재를 등용하고 문관을 우대하며 스스로 시문을 즐기던 예종과 인종 때를 이상적인 군주의 상으로 들고 찬사를 아끼지 않고 있는데, 이것은 젊은 희종을 통해 그러한 시대가 도래하기를 기대한 데서 연유한 것입니다.

그러나 희종의 계획이 실패로 돌아가고, 문신들에게 주어졌던 귀족으로서의 지위는 사실상 상실되었으며 단순한 실무자, 관료로서 머무르게 되었습니다. 이러한 정치적 지위의 불확실성과 그에 따른 경제적 몰락은 이인로로 하여금 문학에 관심을 갖도록 하였으며, 여러 인사들과의 교유를 통한 죽림고회의 활동으로 나타나게 되었습니다.

당시의 정치적 상황은, 무신들이 집권을 하고 문신들은 설 자리를 잃어버리다시피 한 상태였습니다. 무신정권이라는 비정상적인 정치

구조 속에서 자기 개성을 상실한 문인들은 글의 내용보다는 기교만을 중시하는 방향으로 빠져들었습니다. 이런 풍토에 대한 비판의식이 싹터서 마침내 창작에 관한 이론과 작품에 대한 비평 역량을 성장시키기에 이르렀으며, 또한 죽림고회를 중심으로 한 시인들에 의해 기교주의를 반대하는 창작 자세와 문학이론이 활발하게 제기되었습니다. 결국 문벌귀족 출신의 문관이 대접받을 수 없는 정치 현실, 개성을 잃고 기교만을 중시하는 문학 경향 속에서 싹튼 문학 비평이 이인로에 의해《파한집》으로 탄생하게 된 것입니다.

《파한집》이란 책의 제목은 '한가로움을 깨뜨리는 책'이라는 뜻입니다. 사람이 자연 속에 묻혀 속세에서 벗어난 삶을 산다면, 이것은 한가함[閑]이라고 할 수 있을 것입니다. 그러나 이인로는 여기에 지나치게 마음을 쓰게 되면 그것 또한 병이라고 했습니다. 반대로 뜻하지 않게 관직에서 물러나 자연 속에서 살아가게 된다면, 유유자적한 삶을 살려는 것이 아닌데도 그렇게 살게 된다면, 겉은 한가한 것처럼 보이지만 마음속은 흉흉할 것이니 그것 또한 병이라 했습니다. 따라서 한가로움은 어느 쪽이든 병이 되는 셈입니다. 이인로는 이러한 한가로움을 깨뜨린다는 의미에서 제목을《파한집》이라고 붙인다고 했습니다.

1 당시의 정치, 문화적인 상황을 고려하여 이인로가 《파한집》을 쓰게 된 계기에 대해 자신의 생각을 바탕으로 토론해 봅시다.

이인로가 살았던 시대에는 무신들이 정권을 잡고 있었으며, 기존의 문신들은 기존의 권위를 잃은 채 단순 실무자의 역할에 그치고 있었다. 권력에 접근하는 길이 차단되어 있었고, 정치적으로 영향력을 끼치는 것이 불가능하였기에, 현실에 좌절한 문인들은 그것을 문학으로 풀어내기에 이르렀다. 그런데 그 문학이라는 것이, 작품의 주제나 내용에는 관심을 두지 않고 단순히 언어 자체의 아름다움만을 추구하는, 껍데기에만 집착하는 경향성을 보이게 된다. 현실에 참여할 수 없는 상황이 현실 도피적이고 유미주의적인 문학 경향으로 이어진 것이다.

그러나 이런 경향을 비판하는 경향이 등장하게 된다. 이 새로운 경향은, 언어의 조탁과 수식에만 집착하는 풍토를 비판하고, 내용을 중요하게 생각하는 문학을 주장하였다. 결과적으로 문학의 창작과 비평에 대한 이론이 강화되었고, 역량 또한 증진되었을 것이다. 《파한집》은 이러한 배경 속에서 창작되었다고 할 수 있다.

❷ 이인로는 《파한집》에서 자신의 문학적인 관점을 제시하였는데요, 이 중에서 기존에 존재하는 시문이나 경전 등의 표현을 인용하여 시의 이미지를 더욱 선명하게 전달할 수 있도록 해야 한다는 '용사론'은 논란의 여지가 있습니다. 이에 대한 자신의 의견을 말해 봅시다.

용사론(用事論)은 기존에 존재하는 시문이나 경전 등의 표현을 인용하여 자신의 시문에 사용하는 것이다. 이를 통해 얻는 것 보다는 잃는 것이 더 많다고 생각한다.

먼저 시문이나 경전의 표현을 인용하려면 그 시문이나 경전에 대한 지식이 있어야 한다. 즉, 공부를 많이 한 사람이 아니라면 시에 이런 표현을 쓸 수 없다는 뜻이다. 반대로 시문이나 경전 공부를 많이 한 사람들만이 그런 표현을 이해할 수 있고, 그렇지 않은 사람은 작품을 읽어도 이것이 무엇을 의미하는 지 이해할 수가 없게 된다.

또한 그것이 자신의 표현이 아니라는 근본적인 문제도 존재한다. 기존에 존재하던 시문과 경전이 아무리 완벽하고 아름다운 표현들이 많다고 해도 그것을 자신의 문학에 가져오는 것은, 자신의 문학이기를 포기하는 일이라고 생각한다. 그렇게 쓰인 표현은 어디까지나 다른 사람의 것이지 자신의 것이 아니기 때문이다.

▷▶독후감 1

《파한집(破閑集)》의 '파한(破閑)'이라는 말은 '한가로움을 깨뜨린다.'는 의미이다. 이 말은 두 가지 의미를 가지고 있다고 생각한다. '누구의' 한가로움을 깨뜨리는 것인가에 따라 다르게 생각할 수 있을 것 같다.

만약《파한집》을 저술한 이인로의 기준에서 본다면,《파한집》은 이인로 본인의 한가로움을 깨뜨리기 위해, 그러니까 한가로움이 넘쳐 권태로움이 되자 그것을 깨뜨리기 위해 지었다고 생각할 수 있다. 당시 무신정권이라는 정치적 상황을 고려했을 때, 전형적인 문벌귀족 출신인 이인로가 높은 관직에 오르는 것은 쉽지 않았을 것이고, 정치적 이상을 실현하기란 더욱 힘든 일이었을 것이다.

이인로가 다른 문인들과 '죽림고회'를 만들어서 자연을 벗 삼아 시와 술을 즐겼던 것도 이런 맥락에서 이해가 된다. 정치적 이상의 실현은 불가능하고, 시와 술을 벗 삼는 와중에《파한집》이라는 저서가 나온 것도 무리가 아니라고 생각한다. 물론,《파한집》이 심심파적삼아 쓰였다는 뜻은 아니다. 당시의 유미주의적인 문학 경향을 비판하려는 의도를 바탕으로 한다는 의의가 있다. 다만, 이인로라는 작가 개인의 측면에서는 그런 식으로 생각할 수도 있을 것 같다는 의미이다.

반대로《파한집》을 읽는 사람의 입장에서 본다면,《파한집》은 읽는 사람에게 심심할 때 읽으라고, 할 일 없을 때 시간 때우기 용으로 읽으라고 지어졌다고 생각할 수 있다. 그런데 읽는 사람의 '한가로움'도 다 같은 한가로움이 아니라는 생각이 든다. 자신이 그 한가로움에 정말로 합일되어 유유자적하는 삶을 즐기는 사람의 한가로움과, 자신은 이루고자 하는 바가 있음에도 현실의 장벽에 막혀 아무것도 할 수 없는 사람의 한가로움이 같을 수는 없다.

읽는 사람이 어떤 한가로움 속에 있든, 읽는 사람의 한가로움을 깨뜨리는 책이라면, 심심풀이용이다. 그렇지만 심심풀이용으로나 읽힐법한 글이란 뜻이라는 액면 그대로를 받아들여서는 안 된다고 생각한다. 아무래도 그것은 겸손의 의미일 것이다. 이인로는 살았던 당시는 물론, 지금까지도 문학으로 높은 평가를 받는 사람인데, 그런 사람이 "이 글은 심심할 때 한 번 읽어 보십시오."라고 글을 썼다고 해서 정말로 그렇게 받아들일 수는 없는 것이다. 스스로 겸손하기 위해 이름을 그렇게 붙인 것일 수도 있고, 본인은 그런 마음으로 썼다고 해도 그 수준이 보통에 머무를 리가 없는 것이다.

나는 '파한(破閑)'이 이인로 자신의 '파한'이라고 생각한다. 정치적 이상을 펼 수 없는 현실에서 느끼는 한가로움은 여유가 아니라 권태에 가까울 것이다. 마치 이상의 '날개'에서 주인공이 느끼는, 매춘을 하는 아내에게 속아 수면제를 날마다 먹는 것 같은 기분을 이인로가 느끼지 않았을까 생각한다. 《파한집》은 그런 권태로움 속에서 만들어졌을 것이다. 만약 이인로가 벼슬길에 올라 탄탄대로를 달리고 있었다면 '파한(破閑)'이라는 말 자체가 필요 없었을 것이다. 그러나 이인로는 무신정권이라는 현실 속에서 날개가 꺾여버렸고, 그리고 거기에서 오는 권태로움에 괴로워했을 것이다. 그것이 바로 이인로의 '한(閑)'이며, 이상의 소설의 주인공이 다시 한 번 날갯짓을 하며 다시 한 번 날아오르자고 스스로 되뇌는 것, 그 내면의 울림이 《파한집(破閑集)》이라는 열매를 맺지 않았나 생각한다.

▷▶독후감 2 : 이인로와의 대담 형식의 독후감

┃학생┃ 안녕하세요, 선생님.

┃이인로┃ 반갑네, 무슨 일로 날 찾아왔는가?

┃학생┃ 네, 선생님의 《파한집》을 읽어 보았는데, 여쭤보고 싶은 것이 있어서 찾아왔습니다.

┃이인로┃ 그래, 무엇이든 대답해줄 테니, 한 번 물어보게.

┃학생┃ 먼저 책의 제목이 인상적입니다. '한가로움을 깨뜨리는 책'이라는 뜻의 《파한집》인데, 어떤 의미인지 궁금합니다.

┃이인로┃ '한가로움'이란 두 가지가 있네. 스스로가 유유자적한 삶을 살려는 데서 오는 한가로움과, 자신의 의지와는 상관없이 관직에 나가지 못해 누리는 한가로움이네. 전자에 지나치게 마음을 쓰게 된다면 병이 되고, 후자 역시 겉으로는 여유롭지만 마음속은 그렇지 않기 때문에 병이 되네. 그렇기에 그 한가로움을 깨뜨린다는 의미에서 제목을 《파한집》이라고 붙였네.

▌학생▐ 답변 감사합니다. 선생님께서 살던 시기는 무신들이 정권을 잡고 있었는데, 이 점에 대해서는 어떻게 생각하십니까?

▌이인로▐ 무신정변이 일어나는 바람에 나는 머리를 깎고 절에 들어갔네. 스님이 되려는 것이 아니라, 무신정변 속에서 문관들이 죽임을 당하는 것을 보았기 때문에, 도망친 것이지. 시간이 지나고 무신들 역시 실무를 처리할 문관들이 필요하다는 것을 깨달았지만, 실무를 담당하는 역할 이상의 권한은 주어지지 않았고, 내 정치적 이상을 실현하거나 할 기회는 애초에 주어지지 않았던 것이지. 이런 현실에서 벗어나고 싶었기 때문에 나와 비슷한 사람들과 모여 죽림고회를 만들고 자연 속에서 시와 술을 벗 삼아 살려고 했지만, 그것은 어디까지나 근본적인 해결책이 될 수 없었지.

▌학생▐ 마음이 많이 아프셨을 것 같습니다. 선생님의 문학관에 대해 좀 듣고 싶은데, 문학이 사회적 역할을 수행하는 부분에 대해서 어떻게 생각하시는지 듣고 싶습니다.

▌이인로▐ 문학은 문학 그 자체로 가치 있는 것이네. 문학을 통해 교훈을 전달하는 도구가 아니라는 뜻이지. 오세제는 문학에서 정말 뛰어난 재능을 가졌지만, 결국 출세를 하지 못했지. 그가 출세하려고 마음을 먹었다면, 그 재능을 바탕으로 얼마든지 출세할 수 있었겠지만, 그러지 않았네. 난 그의 그런 태도를 중요하게 생각하네. 문학은 어떤 도구가 될 수 없네. 문학적인 재능은 하늘이 내려주는 것이며, 우리는 그 재능을 갈고 닦는 것을 중요하게 여겨야 하는 것이지. 그런 가운데 자연스럽게 시상을 얻을 때, 우리는 좋은 시를 쓸 수 있는

157

것이네.

┃학생┃ 그렇군요. 조금이나마 선생님의 생각을 들을 수 있어서 뜻깊은 시간이었습니다. 감사합니다.

독후감 제대로 쓰기

❶ 책을 읽기 전에

우리는 책을 통해서 지식을 쌓고 학문을 연마하게 됩니다. 또한 교양을 얻고 수양을 쌓게 되지요. 그리하여 즐겁고 보람 있는 생활을 할 수 있는 것입니다. 이러한 습관이 지속된다면 이것이 곧 나의 생활 자체가 되고, 책을 읽는 시간이 얼마나 가치 있고 즐거운 시간인지 깨닫게 될 것입니다.

독후감을 쓰기 위해서는 책을 읽어야 함은 말할 것도 없습니다. 그러나 아무 책이나 읽는다고 다 좋은 것은 아닙니다. 특히 중학생은 아직 양서를 구별할 만한 충분한 지식을 갖추지 못했기 때문에 선생님 혹은 부모님, 그리고 선배들이 권하는 책이나, 이미 국내적으로나 세계적으로 잘 알려진 명작이나 명저를 찾아 읽는 것이 바른 방법이라고 볼 수 있습니다. 예컨대 사회적으로 존경받을 만한 사람들의 일대기를 그린 위인전이나 자서전 같은 것은 읽을 가치가 있으며, 명시 모음집이나 명작 소설, 특정한 분야의 관찰기, 평론집 같은 것도 좋은 읽을거리가 될 수 있습니다.

그럼 효율적인 독서를 위해서 유의해야 할 점을 알아볼까요?

첫째, 본문을 읽기 전에 책의 앞부분에 있는 머리말이나 해설하는 글을 먼저 정독합니다. 그러면 책을 쓰게 된 동기나 평가 등에 대하여 잘 알 수 있게 되죠.

둘째, 목차를 잘 살펴봅니다. 목차에서 그 책의 내용이 어떻게 전개될 것인가에 대해 미리 파악할 수 있기 때문입니다.

셋째, 본문을 읽기 시작하면, 그 중에 잘 모르는 단어나 문구가 나오기 마련입니다. 그런 것은 곧 사전을 찾아 뜻을 알아두어야 합니다. 그런 것을 무시했다가는 자칫 전체를 이해하지 못하는 오류를 범할 수 있거든요.

넷째, 각 문단별로 소주제가 무엇인지를 파악하고, 그 줄거리를 요약하는 습관을 길러야 합니다. 특히 필자가 표현하려는 것과 그 뒷받침되는 내용이 무엇인지 알아내는 것이 필수겠지요.

다섯째, 글의 배경은 무엇인지, 앞뒤 맥락이 어떻게 이어지고 있는지를 잘 생각하면서 읽어야 합니다. 그리고 소설일 경우에는 주인공과 등장인물들의 성격이나 특성을 파악해야 하지요.

여섯째, 다 읽은 다음에는 줄거리를 만들어 보고, 전체적인 주제가 무엇인지 정리하는 작업도 필요합니다.

❷ 책을 감상하는 방법

책을 읽을 때는 내용을 진지하게 파고들어 가며 읽어야 합니다. 즉 자기의 현재 생활과 비교해 가며 생각의 폭과 사고를 넓히는 것이 중요하답니다. 그리고 작품의 문체·제목·주제·논제 등도 염두에 두고 읽으면 독후감을 쓰기가 좀더 수월해집니다.

그리고 저자가 강조하고 있는 내용과 사건들이 현재 우리 사회에 어떤 의미를 가지고 있으며 어떻게 발전시켜 나가야 할 것인가를 생각하며 읽습니다. 더불어 저자가 작품에서 강조하려고 하는 것이 무엇인가를 파악하며 읽을 필요가 있습니다. 그렇다고 굉장한 부담을 느끼면서 책을 읽을 필요는 없습니다. 책 읽는 것 자체를 즐긴다면 그리 깊게 생각하지 않아도 작가가 말하려는 바를 깨닫게 될 테니까요.

그렇다면 각 문학 장르에 따라 어떤 점에 유념하여 책을 읽어야 하는지 알아볼까요?

▮**소설**▮ 작품의 주제를 파악하고 작중 인물의 성격과 배경을 생각하며 주인공이 어떻게 변화되어 가고 있는가를 염두에 두고 읽습니다. 자신의 생각이나 현실과 결부시켜 보는 것도 재미를 배가시켜 줄 거예요.

▮**시**▮ 선입견 없이 그대로 느낌을 받아들이며 읽습니다.

▮**희곡**▮ 무대 상연을 전제로 하여 쓰여진 것이기 때문에 시간적·공간적 제약을 받는다는 것을 염두에 두어야 합니다.

▮**역사 소설**▮ 인물·사건 등을 작가가 상상력에 의존하여 구성한 글로서, 항상 계몽사상이나 민족의식 고취 등 어떤 목적이 들어 있는지를 파악하며 읽어야 합니다.

▮**역사**▮ 역사는 역사 소설과는 구분지어야 합니다. 이것은 정확한 기록으로 글쓴이의 주관적 해석이 들어 있을 수 없으며, 시간의 흐름에 따라 사건을 나열한 것임을 생각해야 합니다.

▮**수필**▮ 지은이의 인생관이 들어 있습니다. 심리적 부담감이 적으므로 편안한 마음으로 읽을 수 있습니다.

▮**전기문**▮ 인물의 정신, 자취, 시대적 배경과 사회적 환경을 먼저

파악해야 합니다.

┃과학 도서┃ 미지의 세계에 대한 탐구심, 합리적 사고력 배양, 지식과 정보의 입수, 창의력을 기르는 데 도움이 되므로 평소 이에 대한 흥미를 갖는 것이 중요합니다.

❸ 독후감이란 무엇인가?

독후감은 말 그대로 어떤 글이나 책을 읽고, 그에 대한 느낌이나 생각을 쓰는 것입니다. 좋은 책을 읽고 그것을 정리해 두지 않는다면 곧 그 내용을 잊어버려, 독서를 한 만큼의 가치를 얻지 못할 수도 있으니까요. 그러므로 한 권의 책을 읽으면 곧 그 책의 내용을 정리하고, 느낌이나 생각을 적어 두는 것이 좋습니다.

독후감은 느낌이나 생각을 거짓 없이 써야 하나, 그렇다고 아무렇게나 써도 되는 것은 아닙니다. 즉 독후감도 글이므로 수필의 형식으로 쓰든, 논술의 형식으로 쓰든, 정확하게 읽고 주제와 내용에 맞게 써야 함은 물론이죠. 아무리 좋은 글이나 책이라도, 잘못 읽어 실제와 맞지 않는 생각이나 느낌을 쓰면 좋은 독후감이라고 할 수 없거든요. 그러므로 좋은 독후감을 쓰려면 독서를 잘해야 한다는 것이 전제됩니다. 독서를 잘하는 방법은 따로 있는 게 아니라, 그저 많이 읽다 보면 요령이 생기고, 이해도 쉽게 되며, 능률도 오르게 되는 것입니다.

❹ 독후감은 왜 쓰는가?

독후감을 쓰는 목적은 독후감을 작성함으로써 독서하는 능력이 향상되고 글 쓰는 훈련을 할 수 있기 때문입니다. 그러므로 독후감을 쓰기 위해 책을 읽으면 보다 깊은 생각을 하면서 책을 읽게 됩니다. 또한 책을 통해 생활을 반성하며, 책에서 얻은 지식과 감명을 음미하여 자기 생활에 적용시킬 수 있습니다. 문장력과 논리적 사고가 향상되는 것은 물론이고요! 그럼 독후감을 왜 쓰는지 다음과 같이 정리해 볼까요?

1 읽은 책의 내용을 되살려 다시 음미해 볼 수 있습니다.

2 감동을 간직하고 책 읽는 보람을 얻을 수 있습니다.

3 책을 통해 지식을 심화시킬 수 있습니다.

4 책을 통해 자신의 문제를 연관지어 볼 수 있습니다.

5 글을 써 봄으로 해서 생각을 깊이 있게 할 수 있습니다.

6 독서 목표를 확실히 할 수 있습니다.

7 작품에 대한 비판력과 변별력을 기를 수 있습니다.

8 생각을 조리 있게 쓸 수 있는 작문력을 향상시켜 줍니다.

9 사고력과 논리력, 추리력을 기를 수 있습니다.

10 바르게 책을 읽는 습관을 형성할 수 있습니다.

❺ 독후감을 쓰기 전에 생각하기

독후감은 수필의 형식이든 논술의 형식으로든 쓸 수 있다고 했는데, 사실 이 둘의 차이는 모호합니다. 다만, 수필이 자유롭게 붓 가는 대로 쓰는 것이라면 논술은 논리 정연하게 쓴다는 점이 다르다고 할 수 있습니다.

붓 가는 대로 자유롭게 수필의 형식으로 쓰는 독후감이라도 글의 앞뒤가 맞지 않는다든지, 주제가 통일되지 않으면 좋은 평가를 받을 수 없습니다. 논리 정연하게 쓰는 독후감이라면, 서론·본론·결론으로 나누어 서술해야 함은 물론이구요.

서론에 해당되는 부분에서는 그 책에 대한 소개나 쓴 사람의 생애, 또는 특기할 만한 일화 같은 것을 적는 것이 일반적입니다.

본론에 해당하는 부분에서는 그 책을 읽고 특별히 다루려는 내용을 체계적이고 구체적으로 써야 합니다.

결론에서는 본론에서 다룬 내용을 요약하거나, 자신이 읽은 후의 감상, 그 책의 좋은 점, 나쁜 점 등을 들어서 마무리를 해야 합니다.

독후감은 짧게 쓰는 것이 상례이므로, 작품 전체를 거론하기보다는 특정한 주제를 잡아서 쓰는 것이 좋습니다. 보편적으로 다룰 수 있는 몇 가지 주제를 제시해 보면 다음과 같습니다.

첫째, 작가의 의식이나 주인공의 언행, 성격과 연관지어 주제를 구현시키는 방법입니다. 문학 작품이라면 주제가 애정이나 애국, 의리나 배반일 수 있으므로 이러한 점에 초점을 두고 써야겠지요. 또한 과학에 관계된 것이라면, 그 발명의 의의나 연구자의 노력과 관련시켜 서술해야 하겠지요.

둘째, 저자의 이념이나 생애, 업적에 관심을 두고 쓰는 방법입니다.

그 작품을 통하여 알 수 있는 저자의 철학이나 사상 또는 저자가 그 작품을 남기기까지의 역경이나 작품을 쓰게 된 동기, 작품의 가치나 다른 작품에 미친 영향 등 작품과 연관시켜 쓰는 것이지요.

셋째, 작품의 내용을 중심으로 기술합니다

예컨대, 작품 속 주인공의 성격을 분석하거나 다른 사람과 비교해 볼 수도 있고, 그 작품의 사건이나 시대적 배경을 논의하거나, 작품의 구성 같은 것에 초점을 두고 이야기할 수도 있습니다.

이와 같이 작품을 읽기 전에 먼저 어떤 점에 중점을 두고 독후감을 쓸 것인가를 염두에 둔다면, 그렇지 않은 경우보다 훨씬 이해가 쉽고, 나중에 독후감을 쓰는 데도 도움이 될 것입니다.

❻ 독후감의 여러 가지 유형

1. 처음에 결론부터 쓴 다음 왜 그러한 결론이 도출되었는지 감상을 자세하게 쓰거나, 감상을 먼저 쓰고 결론을 씁니다.
2. 책을 읽게 된 동기부터 설명하고 글 중간에 자기의 감상을 씁니다.
3. 저자나 친구에 대한 편지 형식으로 감상을 쓰거나 주인공에게 대화 형식으로 씁니다.

4. 시(詩)의 형태로 감상문을 씁니다.

5. 대화문(對話文) 형식으로 씁니다.

6. 줄거리부터 요약한 다음 자기의 느낌이나 생각을 씁니다.

❼ 독후감을 구체적으로 쓰는 방법

어렵게 쓰겠다는 생각은 하지 말고 쉽게 써야겠다는 마음가짐을 가져야 좋은 글이 나올 수 있습니다. 그리고 무엇보다 감상문을 쓰기 전에 무엇을 어떻게 쓸까 조목별로 골자를 먼저 쓰고, 이 골자에 살을 붙이는 방법으로 쓰려고 노력해야 합니다. 이때 의도적으로 아름답게 잘 쓰려고 하지 않는 것이 좋습니다. 자, 그럼 더 자세하게 알아볼까요?

1. 먼저 제목을 붙입니다.

2. 처음 부분(머리글)을 씁니다.

    ⫸ 책을 읽게 된 이유나 책을 대했을 때의 느낌을 씁니다.

    ⫸ 자신의 생활 경험과 관련지어 써 봅니다.

    ⫸ 제일 감동받은 부분을 씁니다.

    ⫸ 지은이나 주인공을 소개하는 글을 씁니다.

3. 가운데 부분을 씁니다.

    ⫸ 자기의 생활과 견주어 씁니다.

    ⫸ 주인공과 나의 경우를 비교해서 씁니다.

➡ 시시비비를 분명히 가려야 합니다.

➡ 가장 극적이었던 부분을 소개합니다.

4. 끝부분을 씁니다.

➡ 자신의 느낌을 정리합니다.

➡ 자신의 각오를 씁니다.

독후감을 쓴 다음에는 다음과 같은 추고의 과정이 필요합니다.

첫째, 쓴 글을 다시 한 번 읽으면서 맞춤법이나 표준어 규정에 어긋나는 것은 없는지 살펴봐야 합니다.

둘째, 문장이 잘 구성되어 있는지, 또 문단이 잘 짜여져 있는지 알아보아야 합니다. 한 문단에는 소주제문과 보조문들이 있어야 하는데, 그런 점이 잘 지켜져 있는지 유의해야 합니다.

셋째, 글 전체의 구성이 잘 이루어졌는지 살펴봅니다. 예를 들어 서론에 해당하는 부분이 지나치게 길다든지, 결론에 해당하는 부분이 너무 짧다든지, 전체적인 구성이 균형을 잃고 있다면 다시 고쳐 써야 하겠지요.

우리가 시간을 들여 열심히 책을 읽고 난 후 독후감을 잘 쓰기 위해서는 책을 읽고 있는 동안의 느낌을 잊지 않고 글로써 표현할 줄 알아야 하며, 책을 읽고 가장 감명받은 부분을 기억하고 있어야 합니다. 또한 다른 사람들은 어떻게 독후감을 썼는지 남의 것을 읽어 보고, 자신의 것과 비교해 보며 자주 글을 써 보는 것이 중요합니다. 그렇게 하다 보면 자신만의 개성 있는 필치로 독특한 감상문을 쓸 수 있게 되지요. 학교에서 아무리 독후감 숙제를 내주어도 부담없이 즐거운 기분으로 끝낼 수 있을 겁니다!

❽ 그 밖에 알아두면 유익한 것들

▌독후감 쓰기 10대 원칙 ▌

1. 자신의 수준에 맞는 책을 선택합시다.
2. 독후감 쓰는 형식이 있기는 하지만 너무 거기에 구애받을 필요는 없습니다.
3. 자신이 작가라면 어떻게 글을 이끌어갈지를 생각하며 읽어 봅시다.
4. 평소 음악 평론이나 영화 평론을 많이 읽어 봅시다.
5. 읽으면서 마음에 와닿는 것이 있다면 따로 적어 둡시다.
6. 현대 사회의 문제점과 비교하면서 읽어 봅시다.
7. 모르는 것이 있으면 적어 두는 습관을 기릅시다.
8. 신문 사설이나 칼럼을 스크랩해서 필요할 때 사용합시다.
9. 요약하는 데에만 집착하지 말고 제대로 책을 읽읍시다.
10. 읽은 후에는 꼭 독후감을 직접 써 봅시다.

▌책을 읽는 10가지 방법 ▌

1. 아주 어릴 때부터 책과 친하게 지내는 습관을 기릅시다.
2. 너무 속독하려 하지 말고 담겨진 내용을 충실히 읽는 습관을 기

릅시다.

3. 항상 작품이 나와 어떠한 상관 관계가 있는지 체크를 해 가며 읽읍시다.

4. 무조건 책장을 넘길 것이 아니라 시시비비를 가려 가면서 읽읍시다.

5. 매일매일 조금씩이라도 책을 읽는 습관을 들입시다.

6. 책 속에 담긴 뜻을 음미하고 되새기면서 읽읍시다.

7. 너무 자신의 취향에 맞는 책만 읽지 말고 다양한 장르의 책을 골고루 읽도록 합시다.

8. 책 속에 담겨진 교훈을 깊이 생각하고 생활에 적용시킵시다.

9. 책에 따라 읽는 방법을 달리하는 습관을 들입시다. 모든 책이 만화책은 아니기 때문이죠.

10. 바른 자세로 앉아 눈과의 거리를 30cm 두고 밝은 곳에서 읽읍시다.

❾ 원고지 제대로 사용하기

▌제목 및 첫 장 쓰기▐

1. 제목은 석 줄을 잡아 둘째 줄 가운데에 씁니다.

2. 1행 2칸부터 글의 종별을 표시합니다. 가령 수필이면 '수필'이라고 씁니다. 간혹 글의 종별을 비워 두는 경우가 많은데 이는 적는 것을 잊었거나, 원고지 사용법에 무관심하기 때문입니다.

3. 제목을 쓸 때에는 마침표를 찍지 않고, 물음표와 느낌표는 붙이지 않는 것이 좋습니다.

4. 제목에 줄임표는 사용하지 않는 것이 상례입니다.

5. 이름은 넷째 줄 끝에 두 칸 정도를 남기고 씁니다. 특별한 경우에는 서너 칸을 남겨도 됩니다.

6. 성과 이름은 붙여 씁니다. 다만, 성과 이름을 분명히 구별할 필요가 있을 경우에는 띄어 쓸 수 있습니다.

예) 임채후 (O), 남궁석 (O), 남궁 석 (O)

7. 본문은 여섯째 줄부터 쓰는 것이 좋습니다. 단, 특수한 작문인 경우는 넷째 줄부터 본문을 시작해도 상관없습니다.

8. 학교 이름이나 주소가 길 경우에는 세 줄로 쓸 수 있습니다.

9. 주소는 보통 표제지에 기재하고 원고지 첫 장에는 제목과 성명만 간단하게 적는 것이 상례입니다.

10. 성명의 각 글자는 시각적 효과를 위해 널찍하게 한두 칸씩 비워 써도 무방합니다.

11. 학교 앞에 지명을 기입할 때는 학교명을 모두 붙여 써서 지명과 학교명의 구분을 명확히 해 주는 것이 좋습니다.

▌첫 칸 비우기▐

1. 각 문단이 시작될 때는 첫 칸을 비우고 씁니다.

2. 대화체의 경우는 첫 칸을 비우고 씁니다.

3. 인용문이 길 때는 행을 따로 잡아 쓰되, 인용 부분 전체를 한 칸

들여서 씁니다.

4. 첫째, 둘째, 셋째 등으로 이야기를 전개해야 할 때는 시작할 때
마다 첫 칸을 비울 수 있습니다. 단, 그 길이가 길거나 제시된 내
용을 선명하게 하고자 할 때 비워 둡니다.

5. 시는 처음 두 칸 정도 줄마다 비우고 씁니다.

▌줄 바꾸기▐

1. 문단이 바뀔 때는 줄을 바꾸어 씁니다.

2. 대화는 줄을 새로 잡아 씁니다.

3. 인용문을 시작할 때는 줄을 바꾸어 씁니다. 단, 그 길이가 길 때
한해서입니다.

4. 대화나 인용문 뒤에 이어지는 지문은 글이 다시 시작되는 것이
므로 한 칸을 들여 씁니다. 단, 이어 받는 말로 시작되는 지문은
첫 칸부터 씁니다.

▌문장 부호 및 아라비아 숫자, 영문자▐

1. 문장 부호는 한 칸에 하나씩 넣는 것이 원칙입니다.

2. 아라비아 숫자는 한 칸에 두 자씩 넣습니다.

3. 한자(漢字)로 쓸 때는 띄어 쓰지 않습니다. 그러나 한자와 한글
이 함께 쓰이면 띄어 쓰기를 합니다.

4. 마침표(.)와 쉼표(,) 다음에는 통례상 한 칸을 비우지 않으며, 느
낌표(!), 물음표(?) 다음에는 통례상 한 칸을 비웁니다.

5. 행의 첫 칸에는 문장 부호를 쓰지 않습니다. 첫 칸에 문장 부호를 써야 할 경우는 그 바로 윗줄의 마지막 칸에 글자와 함께 씁니다.

6. 영문자의 경우, 대문자는 한 칸에 한 글자, 소문자는 한 칸에 두 글자씩 넣습니다.

❿ 문장 부호 바로 알고 쓰기

1. 마침표 : 문장을 끝마치고 찍는 문장 부호로 온점(.), 물음표(?), 느낌표(!)를 이르는 말입니다.

2. 쉼표 : 문장 중간에 찍는 반점(,) 가운뎃점(·) 쌍점(:) 빗금(/)을 이르는 말입니다.

3. 따옴표 : 대화, 인용, 특별어구를 나타낼 때 쓰는 문장 부호로 큰따옴표(" ")와 작은따옴표(' ')를 씁니다.

4. 그 밖의 문장 부호 : 물결표(~)는 '내지(얼마에서 얼마까지)'라는 뜻에 씁니다. 줄임표(……)는 할말을 줄였을 때와 말이 없음을 나타낼 때 씁니다.

⓫ 마치며

초등학교나 중학교에서는 독후감이라는 말을 사용하지만 고등학교에 가게 되면 독후감이라는 말보다는 아마 논술이라는 말을 더 많이 쓰고 더 많이 듣게 될 것입니다. 논술이란 말 그대로 어떠한 논제를 가지고 논리적으로 서술하는 것을 말하는데, 이는 하루아침에 이루어지지 않습니다. 다양한 분야의 많은 것을 폭넓고 깊이 있게 알고, 주관을 뚜렷이 할 때만이 논술을 잘 쓰게 되는 것이지요. 그러기 위해서는 중학교 시절부터 많은 책을 읽어 보고 스스로 글을 써 보는 훈련을 하는 것이 중요합니다.

실제로 고등학교에 가면 교과목 공부에도 시간이 모자라 제대로 책을 읽을 시간이 없거든요. 무엇을 알아야 글을 쓸 것이고, 자신의 주장을 피력할 것 아니겠어요? 그러니 중학생 시절부터 좋은 책을 많이 읽어 보고, 생각해 보며, 글을 써 보는 노력을 하는 것이 여러분의 미래를 더욱 밝게 해줄 것입니다. 아마 그렇게 한 사람은 그렇지 않은 사람보다 10리쯤 앞서 나가지 않을까 생각되는데 여러분 생각은 어떠세요?

▌성낙수▐
한국교원대학교 교수, 연세대학교 졸업, 동 대학원에서 석사·박사 학위 받음
▌오은주▐
서울여고 교사, 현재 한국교원대학교 대학원 재학, 국민대학교 졸업
▌김선화▐
홍천여고 교사, 현재 한국교원대학교 대학원 재학, 강원대학교 졸업

중학생이 보는
파한집

초판1쇄 인쇄 2012년 3월 25일
초판1쇄 발행 2012년 4월 5일

엮은이 성낙수 · 오은주 · 김선화
지은이 이인로
옮긴이 구인환
펴낸이 신원영
펴낸곳 (주)신원문화사

주   소 서울시 영등포구 당산동 121-245 신원빌딩 3층
전   화 3664—2131~4
팩   스 3664—2130

출판등록 1976년 9월 16일 제5-68호

＊잘못된 책은 바꾸어 드립니다.

ISBN 978-89-359-1591-0 44800
ISBN 978-89-359-1582-8 (세트)